Eva Lohmann

Kuckucksmädchen

Eva Lohmann

KUCKUCKSMÄDCHEN

Roman

Piper München Zürich

Mehr über unsere Autoren und Bücher:
www.piper.de

Von Eva Lohmann liegt im Piper Verlag vor:
Acht Wochen verrückt

ISBN 978-3-492-05546-8

Gesetzt aus der Minion
Satz: Kösel, Krugzell
Druck und Bindung: CPI – Clausen & Bosse, Leck
Printed in Germany

Für Ana und die Ameise

»Wie komme ich auf den richtigen Weg?«,
fragte Alice den Hasen.
»Das kommt darauf an, wo du hinwillst.«
»Ich weiß es nicht«, antwortete Alice.
»Ja dann«, sagte der Hase, »ist es ganz einfach.
Du kannst den einen oder den anderen Weg wählen.
Wenn du das Ziel nicht kennst,
ist die Wahl des Weges unwichtig.«

Lewis Caroll, *Alice im Wunderland*

1

»In der Liebe gibt es immer einen Anfang
und ein Ende. So ist das eben.«
»Aber was ist mit der Zeit dazwischen?«
»In der Zeit dazwischen trauert man
dem Anfang nach und wartet auf das Ende.«

Catherine Deneuve in *Die Männer, die ich liebte*

Es ist sieben Uhr achtunddreißig, ich liege im Bett und bin noch nicht mal richtig wach, als mein Herz plötzlich und unvorhergesehen den ersten Satz seines Lebens sagt.

Das Bett setzt sich zusammen aus einem hochglanzweiß lackierten verschnörkelten Metallgestell, einer wollweißen Matratze, schneeweißer Bettwäsche und riesigen weißen Federkissen. Es steht vor einer kalkweißen Wand, und unter dem Bett, auf dem Parkett, liegt ein weicher, elfenbeinweißer Teppich, der jeden Morgen zuverlässig meine ersten drei Schritte nach dem Aufstehen dämpft. Der Rest des Schlafzimmers ist ebenfalls weiß. Wollweiß, kalkweiß, birkenweiß – der Raum sieht aus wie ein unbeschriebenes Blatt.

Ich mag das Gefühl, morgens in einem Berg aus frisch geschlagener Sahne aufzuwachen. Nur hin und wieder stelle ich eine Vase mit einer einzelnen gelben oder pinken Tulpe auf die marmorweiße Platte meines Nachttischchens, komme mir dabei wahnsinnig mutig vor und bin froh, wenn sie nach vier Tagen langsam den

Kopf hängen lässt und ich sie endlich wegschmeißen darf.

Mein Schlafzimmer ist im Gegensatz zur restlichen Wohnung weiß und weich und sehr ordentlich. Es gibt nur einen einzigen Tag in der Woche, an dem ich für ein paar Stunden das Chaos einziehen lasse. Am Sonntagmorgen stehe ich kurz auf, kaufe mir am Bahnhof die *Zeit* und lege mich damit wieder ins Bett. Dann lese ich mich kreuz und quer durch die Seiten, wobei ich die einzelnen Blätter auseinanderrupfe und gedankenverloren links, rechts, vor und hinter mir verteile, bis ich irgendwann in einem Berg von Zeitungsseiten sitze. Wenn alles so ist, wie es sein soll, kommt in diesem Moment Jonathan mit einem Frühstückstablett aus der Küche und spricht die zwei immer gleichen Sätze, die er unbeirrt seit sechsunddreißig Monaten bei diesem Anblick sagt: »O wie schön. Ein ganzes Bett voller Zeit.«

Ich liebe mein Bett. Es ist der wichtigste Gegenstand in meinem Leben. Ich brauche es zum Schlafen und Wachsein, Lesen und Nachdenken, zum Essen, Vögeln und Weinen, zum Telefonieren, zum Kranksein und Abschotten, zum Glücklich- und Unglücklichsein. Nur vor einem kann mich auch mein Bett nicht retten: diesem Montagmorgen.

Ich bin liegen geblieben, als um sieben Uhr dreißig der Wecker geklingelt hat. Aus Angst vor dem, was heute kommen würde, habe ich die Augen geschlossen gehalten und versucht, mir vorzustellen, der Tag hätte noch nicht begonnen. Dann kam um sieben Uhr achtunddreißig die Sache mit dem Herzen dazwischen.

Der erste Satz, den mein Herz zu mir sagt, lautet:
– *Schade, das mit den Brüsten.*

Seltsamerweise bin ich weder erschrocken noch empört. Ich mag diese Stimme, ich erkenne den Beat, und ich antworte im Stillen und ohne nachzudenken:
– *Ist mir auch schon aufgefallen. Früher sahen sie irgendwie besser aus.*

Ich schlage die Bettdecke zurück, bin plötzlich gar nicht mehr müde, stehe auf und laufe auf nackten Füßen zum Schlafzimmerspiegel. Dort hebe ich mein durchgescheuertes I-love-Brooklyn-T-Shirt hoch und starre die Brüste an. Es ist wie mit alten Bekannten, die man lange nicht gesehen hat und bei denen man sich nicht ganz sicher ist, ob sie es wirklich sind. Meine Brüste starren zurück. Wenigstens schauen sie nicht zu Boden.

Ich nehme sie in beide Hände und presse sie nach oben. Meine Silhouette verbessert sich schlagartig. Sie haben weniger ihre Form verändert, sondern sind eher im Ganzen zwei Zentimeter nach unten gewandert. Vorsichtig nehme ich die Hände wieder weg.
– *Es geht schon*, antwortet das Herz. *Ein paar Jahre halten sie bestimmt noch durch. Und irgendwann sind sie ja auch nicht mehr nur dazu da, anderen zu gefallen.*

O rücksichtsloses kleines Herz! Nach all den Jahren der Selbstgespräche ist es zwar schön, dass endlich jemand antwortet, aber leider scheint es dabei wenig einfühlsam vorzugehen. Ich lasse das T-Shirt wieder sinken und merke, wie ich anfange zu zittern.

Sieben Uhr fünfundvierzig. An einem normalen Arbeitstag müsste ich in einer halben Stunde das Haus verlassen und jetzt schnell ins Bad. Aber das hier ist kein normaler Arbeitstag, ab heute wird alles ein bisschen anders, alles ein bisschen komplizierter sein. Abgesehen davon, hat vor sieben Minuten mein Herz angefangen zu sprechen, ich habe also definitiv das Recht auf noch ein wenig Ruhe und gehe lieber wieder ins Bett, vorsichtig lauschend, um nichts von dem zu verpassen, was als Nächstes kommt.

Als Nächstes kommt – eine Beleidigung:

– *Ich beobachte dich seit einer ganzen Weile, Mädchen. Das mit den Brüsten ist schade. Aber weißt du, was noch viel schlimmer ist? Ich langweile mich. Du langweilst mich. Bis auf die paar heimlichen SMS mit Max ist bei dir seit Jahren nichts Aufregendes mehr passiert.*

Das Herz ist gut informiert, was habe ich erwartet? Max und ich hatten angefangen, uns Nachrichten zu schreiben, erst durch irgendeinen Zufall, ganz ungeplant, er war nur ein Ex von vielen. Dann machten wir weiter, irgendwie hörte keiner von uns auf, auf jede SMS folgte eine Antwort, und plötzlich wurden diese Antworten immer anzüglicher. Da weder Max noch ich unseren Partnern diese SMS gerne vorgelesen hätten, kann man wohl davon sprechen, dass es ein Geheimnis war. Vielleicht war es auch ein ganz kleines bisschen mehr – ich bin mir nicht sicher, in welche Kategorie SMS-Sex fällt –, aber am Ende war es doch nur ein Telefon, das ich in meinen nassen Händen hielt. Es war die leichteste Form von Betrug, manchmal war es viel, manchmal war es nichts. Auf keinen Fall war es etwas, für das Jonathan mich ernsthaft würde verlassen können.

Ich bin seit drei Jahren mit dem gleichen Mann zusammen. Das grenzt für mich an ein Wunder. Einer der

Gründe für dieses Wunder ist wohl Jonathans Gespür für perfekt abgepasste Zeitpunkte. Fast exakt acht Monate nachdem wir uns kennengelernt hatten, sagte er das erste Mal, dass er mich liebt. Man darf das Timing solcher Sätze nicht unterschätzen, sechs Wochen vorher hätte ich ihm vielleicht noch nicht geglaubt, zwei Monate später hätte ich ihm sein Zögern vielleicht übel genommen. Aber Jonathan sagte seinen Satz zu genau der richtigen Zeit und in genau der richtigen Tonlage. Er sagte ihn leise und ohne Pathos, während ich gerade einen Einkaufszettel schrieb und ihn fragte, ob ich ihm etwas vom Drogeriemarkt mitbringen solle. Fast hätte ich es überhört, so nebensächlich ließ er seinen Satz neben mir fallen, aber meine Ohren fingen ihn gerade so noch auf, und ich lächelte in mich hinein und schrieb sehr langsam und mit größter Sorgfalt das Wort »Nagellackentferner« auf meinen Zettel.

Ein halbes Jahr später stellte er mich seinen Eltern vor, und auch hier bewies er ein gutes Timing, indem er verdammte zwei Stunden lang meine Hand unter dem elterlichen Biedermeiertisch hielt und sie erst dann wieder losließ, als seine Mutter begann, von ihrer Hochzeit zu erzählen.

Ja, man kann sagen, dass Jonathan ein gutes Gefühl für das richtige Tempo hatte. Ich fühlte mich weder überfahren noch gelangweilt, und ganz langsam fingen wir an, den gleichen Rhythmus anzunehmen. Zwei Jahre lang tanzten wir so vor uns hin, und alles war irgendwie gut und okay – bis Jonathan fand, man könne doch jetzt mal zusammenziehen, und das war der Moment, in dem der Beziehungsbeat ins Stocken kam.

Ich wollte nicht mitziehen. Ich wollte nicht zusammenziehen. Ich wollte die Zeit anhalten. Und irgendwie habe ich das sogar geschafft.

Seit einem Jahr ist es im besten Fall gemütlich, im schlechtesten Fall langweilig. Früher wäre genau das der Zeitpunkt gewesen, an dem ich abgesprungen wäre. Ich wäre mit ihm an einem Sonntagnachmittag in ein unverfängliches Café gegangen, nach einer Samstagnacht, die ich längst mit einem anderen verbracht hätte. Ich hätte ihm ernst in die Augen geschaut und gesagt: »Danke, das war nett, aber ich muss jetzt weiter. Irgendwann ist es immer vorbei, das verstehst du sicher, wir wollen ja schließlich noch was erleben, wir beide. Ich würd gern jetzt und hier Schluss machen, dann tut es nicht unnötig lange weh, wir sind doch Profis. Tschüs, und viel Spaß mit der Neuen, sie kommt sicher bald.«

Ich wäre aufgestanden, das wäre der härteste Teil der Geschichte gewesen, und dann hätte ich mich langsam von ihm entfernt, weg vom Tisch, raus aus dem Café, durch die Straßen bis in ein Zuhause, das ich wohl wissend nicht mit ihm teilte. Den ganzen Weg hätte ich ein unsichtbares Gummiband um meinen Bauch gespürt, das mich zurückzieht, eine Melancholie, die sich immer weiter zwischen uns ausgedehnt hätte. Circa zwei Wochen hätte man dieses Band aushalten müssen, ich hätte ein bisschen geweint und mich gefragt, ob diese Trennung ein Fehler war. Später hätte sich das Band gedehnt, wäre rissig geworden, irgendwann hätte ich es nicht mehr wahrgenommen. Eine Weile wäre ich noch der festen Überzeugung gewesen, dass wir irgendwann, in zehn Jahren, wenn wir uns ausgelebt hätten, wieder zusammenkommen und vielleicht sogar Kinder haben würden. Zwei Jahre später hätte ich den Mann auf einer Party wiedergetroffen und mir auch das nicht mehr vorstellen können.

Das wäre der natürliche Ablauf gewesen, doch seit ich mit Jonathan zusammen bin, ist dieser Ablauf irgendwie gestört. Ich komme nicht weiter, ich komme nicht los, vielleicht weil Jonathan wirklich ganz nett ist, vielleicht weil er nicht so nervt wie die anderen, vielleicht weil er mich so schön liebt. So richtig entschieden habe ich mich nicht für ihn. Nur eben auch nicht gegen ihn. Ab und zu gehen wir ins Café, ich kenne meine Sätze, aber ich sage sie nicht, und nach zwei Latte Macchiato sind wir noch immer zusammen, und er ahnt noch nicht mal, wie knapp es wieder war. Und so passt es ganz gut, dass wenigstens Max ab und zu eine SMS schreibt, in der er mich fragt, ob ich gerade ein Höschen trage.

– *Ich war übrigens noch nicht fertig. Dein Leben langweilt mich, und wenn du mich fragst, hast du genau zwei Möglichkeiten, um das zu ändern.*

– *Ich kann mich nicht erinnern, irgendjemanden irgendwas gefragt zu haben.*

Eine kurze Pause erfüllt den Raum, das Herz windet sich verlegen in meiner Brust.

– *Ähm … Du hörst mich aber jetzt, das reicht. Das … werte ich einfach mal als Frage.*

– *Angenommen, ich hätte dich gefragt: Was würdest du denn vorschlagen?*

– *Du könntest dir ein Kind machen lassen, dann bekommen die Brüste einen anderen Sinn.*

– *Und die andere Möglichkeit?*

– *Oder du gibt deine Brüste einfach in ein neues Paar*

Männerhände. Das würde mal wieder ein bisschen Aufregung ins Leben bringen.

Bei der Erwähnung eines neuen Paars Männerhände hüpft das Herz in meiner Brust leicht auf. Kurz nur, aber auffällig genug, um sich zu verraten. Wenigstens hat mein Körper endlich aufgehört zu zittern. Ich stehe auf und ziehe mein T-Shirt aus, diesmal ohne in den Spiegel zu sehen. Zum Duschen ist es jetzt zu spät. Mechanisch gehe ich zum Schrank, nehme das oberste Höschen vom Montagsstapel, greife zum passenden BH und ziehe mich langsam an. Ich binde die Haare zusammen und versuche im Bad, mein verschrecktes Gesicht für die Arbeit zu schminken. Dann erst antworte ich:

– *Du verstehst aber schon, dass ich darüber noch nachdenken muss?*

– …

– *Hallo, Herz?!*

– *Genau das meine ich. Du willst immer erst nachdenken. Immer erst planen. Dauernd schaust du dir selbst beim Leben zu. Je älter du wirst, desto langweiliger wird es für mich.*

Das Herz hat recht. Vor sieben Tagen habe ich meinen dreißigsten Geburtstag gefeiert. Wobei ich mir nicht sicher bin, ob »gefeiert« das richtige Wort dafür ist, wenn man nach Feierabend fünf Freunde zum Italiener einlädt, ausschließlich Wellnessgutscheine geschenkt bekommt und um kurz nach zehn froh ist, wieder zu Hause auf dem Sofa zu sitzen. Ich habe die Sätze gehört, die alle Menschen an ihrem dreißigsten Geburtstag gesagt bekommen: »Herzlichen Glückwunsch, Wanda. Und, wie fühlst du dich so, mit dreißig? Auch nicht anders als mit neunundzwanzig, oder?«

Ich hatte genickt und dabei noch nicht mal gelogen. Es war schon der dritte Geburtstag in Folge ohne große Party gewesen, der vierte ohne Fremdknutschen, und seit erschreckenden fünf Jahren hatte ich am nächsten Morgen nicht mehr über der Kloschüssel gehangen. Nein, es hatte sich nicht viel verändert. Ich war nicht schlagartig dreißig geworden. Ich hatte schon mit siebenundzwanzig damit angefangen.

Ich packe meine Tasche für den Tag und überschlage dabei die Entwicklungen der letzten halben Stunde: ein sprechendes Herz. Die Entdeckung meiner nicht mehr taufrischen Brüste. Ein steckengebliebenes Leben. Und zwei Vorschläge, die sich gegenseitig ausschließen. Kein leichter Stoff für einen Montagmorgen, an dem ich sowieso schon spät dran bin.

Etwas benommen schließe ich die Haustür hinter mir. Das Herz in mir schweigt. Gemeinsam hängen wir unserem seltsamen Wortwechsel nach, der sich anfühlt wie der erste von vielen. Doch für den Moment will keiner das nächste Wort haben, und so lauschen wir stumm vor uns hin, während ich auf Zehenspitzen zur Arbeit laufe.

Der Teppichboden meiner Großeltern ist seit zwanzig Jahren moosgrün und pflegeleicht. Trotzdem durfte niemand ihn jemals mit Schuhen betreten. Dreißig Jahre lang habe ich im gekachelten Vorflur meine Schuhe ausziehen und gegen die doppelt gestrickten Wintersocken tauschen müssen, die meine Großmutter in den verschiedensten Größen in einer Kiste bereithielt. Und obwohl es nun wirklich überhaupt keinen Grund mehr gibt, den Boden zu schonen, stehe ich auch jetzt noch in dicken Socken auf dem Teppich im Wohnzimmer.

Der Teppichboden ist so etwas wie der letzte Vorhang einer gelungenen Wohnungsauflösung. Nach unserem Gastspiel in fremden Häusern und Wohnungen ziehen wir ihn ab, wenn alles andere getan ist, und schmeißen ihn in großen Rollen ganz oben auf die überfüllten Container. Vielleicht deswegen will ich ihn noch eine Weile schonen. Weil ich mir nicht vorstellen kann, dass die Geschichte meiner Großeltern zu Ende sein soll. Wenn der Teppich weiterhin gepflegt aussieht, wenn ich mich weiterhin an die Regeln halte, die in diesem Haushalt in den letzten dreißig Jahren gegolten haben, dann ist vielleicht noch nicht alles vorbei. Auch wenn dieser Haushalt nun seit dreieinhalb Monaten von niemandem mehr geführt wird.

Die Wohnung verstorbener Verwandter aufzulösen ist das Unprofessionellste, was man in meiner Branche machen kann. Von dieser Idee werden einem auch die härtesten Abrissunternehmer abraten. »Geh rein, hol dir die Sachen raus, an denen dein Herz hängt, und lass den Rest die anderen machen«, sagen selbst die Jungs mit dem Vorschlaghammer. »Die abgerissene Schrankwand deiner eigenen Großmutter hinterlässt fast immer fiese Splitter in der Seele.« Trotzdem werde ich gefragt, immer wieder. Wie ein Computerfachmann den Rechner seiner Nichte reparieren soll und eine Physiotherapeutin die Wirbelsäule ihrer Eltern befühlen muss, werde ich regelmäßig gebeten, mich um die Wohnungen verstorbener Verwandter zu kümmern. Viele Jahre habe ich es erfolgreich abwehren können. Ich weiß nicht, warum ich bei meinen Großeltern nicht

Nein sagen konnte. Vielleicht, weil es dieses Mal mein eigener Vater war, der mich darum gebeten hat. Und weil ich, wie die meisten Töchter und Söhne, darauf brenne, meinem Vater endlich mal zu zeigen, was ich kann.

Seine Eltern starben kurz hintereinander. Als Erstes starb mein Großvater. Er hatte es lange gewusst und kurz vorher angekündigt, hatte Abschiedsbriefe geschrieben, Nachlässe geordnet, letzte Besuche empfangen. Dann hatte er sich ins Bett gelegt, die Hände überm Bauch gefaltet und gewartet, bis der Krebs unter diesen Händen ihn auffraß. Sein Tod hatte etwas Organisiertes. Zögerlich, aber doch zeitnah starb meine Großmutter. Sie war nicht ganz so resolut, sie haderte ein wenig, aber schließlich strickte auch sie ihr letztes Paar Socken zu Ende, brauchte die wenigen Vorräte aus dem Keller auf und folgte ihrem Mann, so, wie sie es immer getan hatte.

Frauen sind in meiner Branche selten. Haushaltsauflösungen sind ein hartes, ein raues Gewerbe. Oft wird es von unfreundlichen, groben Männern betrieben, die kaugummikauend und mit einem billigen Plastikkugelschreiber in der Hand durch die Räume der Verstorbenen schlendern, abschätzig den Kopf schütteln und immer wieder das Gleiche sagen: »Hier ist nix mehr zu holen«, »Das alte Ding will doch keiner mehr haben« oder »Da müssen Sie mir aber was draufzahlen, dass ich den Schrott noch hier abhole«.

Diese Sätze sprechen sie schulterzuckend in die Gesichter von Menschen, denen wahlweise gerade die Eltern gestorben sind oder deren Partner sie nach Jahren verlassen haben. Manchmal stecken sie auch mitten in einer finanziellen Pleite. Die Gründe für Haushaltsauflösungen sind nicht besonders vielfältig. Aber sie sind fast immer traurig. Und dann werden diese Menschen auch noch von groben Männern beiseitegedrängt und müssen zusehen, wie die Schrankwand, einst der ganze Stolz der Mutter, mit dem Vorschlaghammer in Stücke gehauen wird. Wie sich fremde, lieblose Hände auf der Suche nach einem möglicherweise vergessenen Sparstrumpf durch sorgsam gebügelte Kleider wühlen. Und wie all die ein Leben lang angesammelten Dinge, all die langjährige Mühe, all das ausgegebene Geld ganz plötzlich seinen Wert verliert.

Mein Chef hatte mich noch während des Studiums eingestellt. Eigentlich brauchte er jemanden, der seinen rauen Jungs beibrachte, kostbare japanische Vasen von billigen chinesischen Kopien zu unterscheiden. Jemanden, der einschätzen konnte, wie viel ein Schmuckkästchen noch wert war oder eine Sofagarnitur.

Eine Zeit lang arbeitete ich auf Provisionsbasis, fand die handelsüblichen Preise von Gegenständen heraus und vermittelte sie an Händler weiter. Es war ein etwas ungewöhnlicher Job, meine Kommilitoninnen beäugten ihn skeptisch. Sie selbst arbeiteten aushilfsweise in teuren Möbeldesignläden oder zogen die ersten Jobs bei kleinen Innenarchitekten an Land. Aber ich mochte die Arbeit und ich mochte den Chef, und schließlich sollte es nur etwas Geld bringen, bis ich mit dem Studium fertig wäre.

Wenn ich die Kunden zum ersten Termin in den Wohnungen ihrer verstorbenen Verwandten traf, bewegte ich mich dort anders als die harten Männer von der Konkurrenz. Ich strich respektvoll über alte Glasvitrinen, betrachtete wertschätzend die über Jahre zusammengetragene Puppensammlung und nickte anerkennend über das vierundzwanzigteilige Rosenthalgeschirr. Ich ließ mir erzählen, auf welchen Reisen die Fotografien an den Wänden und auf Kommoden entstanden waren, fragte nach, in der wievielten Generation die schwere Eichentruhe vererbt worden war, und wurde nicht ungeduldig, wenn ein Kunde sekundenlang mit starrem Blick verharrte, weil er eine vergessene Zuckerdose aus seiner Kindheit gefunden hatte.

Ohne es zu wissen, nahm ich meinen Kunden das fiese, leichenfleddrige Gefühl, das normalerweise über Wohnungsauflösungen liegt. Ich machte ihnen nichts vor, auch bei uns kommen irgendwann die Jungs mit dem Vorschlaghammer. Aber seitdem ich in der Firma arbeitete, sorgte ich eben dafür, dass sie für die Augen der Kunden unsichtbar waren. Und plötzlich passierte etwas, womit keiner gerechnet hatte. Die Kunden fühlten sich wohl mit mir. Sie empfahlen die Firma weiter. Wir waren auf eine Marktlücke gestoßen, von der wir nicht gewusst hatten, dass es sie gibt.

Mein Chef war glücklich. Er stellte mich fest ein, er bezahlte mich gut, ich ging nur noch ab und zu zur Uni. Dann immer seltener. Das letzte Mal war ich mittlerweile vor eineinhalb Jahren dort. In diesen eineinhalb Jahren habe ich genau achtzehn Häuser und dreiundzwanzig Wohnungen ausgeräumt. Die Wohnung meiner Großeltern ist Nummer vierundzwanzig.

Wenn meine Arbeit hier getan ist, wenn ich die Schubladen und Schränke ausgeräumt, die Bilder abgenommen, die Familienerbstücke aussortiert und die noch brauchbaren Kleinmöbel verschenkt habe, wenn die Jungs alle Einbauschränke kaputt geschlagen, den alten Röhrenfernseher auf den Sondermüll gebracht und den restlichen Schutt in die großen Container vorm Haus geworfen haben, dann werde ich in der leeren Wohnung knien und den moosgrünen Teppich herausziehen. Ich werde sehen, mit welchem Klebstoff die Raumausstatter in den Neunzigern gearbeitet haben, und vielleicht das ein oder andere damals noch nicht graue Haar meiner Großmutter finden, das zwischen Dielen, Klebstoff und Teppichboden konserviert zwanzig Jahre lang auf mich gewartet hat wie ein erstarrter Käfer im Bernsteintropfen.

Ich werde so tun, als hätte ich es nicht gesehen. Ich werde den Teppich in großen Rollen auf die riesigen, übervollen Container schmeißen – ganz, wie ich es immer tue. Ich werde meinen Vater in Köln anrufen und ihm mitteilen, dass alles erledigt sei. Er wird erleichtert klingen, wenn er sich bedankt. Und dann wird er mich fragen, ob Jonathan und ich sein Geschenk denn nun annehmen wollen.

Erst drei Tage später meldet sich das Herz wieder, und es scheint keinen Anstoß daran zu nehmen, dass ich nicht allein bin. Jonathan steht in der Küche und bereitet den Knoblauch fürs Curryhuhn vor. Sorgsam schält er die dünne Haut ab, schneidet die Zehe mit einer engelsgleichen Geduld in immer gleiche Scheiben und macht mich damit traurig.

Wann genau haben wir eigentlich damit angefangen, abends zu kochen statt zu vögeln? In den ersten Monaten einer Beziehung musste man früher aufpassen, dass man sich zwecks Nahrungsaufnahme zweimal am Tag voneinander löste. Körperlich an den Grenzen der Leistungsfähigkeit und schon mit leicht schwirrendem Gefühl im Kopf rief man den Pizzaservice an, duschte sich einmal kurz ab und wickelte den nackten, ausgezehrten Körper nachlässig in ein Handtuch. Wenn es klingelte, öffnete man die Tür, immer noch leicht erhitzt, und sah dem Lieferanten entschuldigend in die traurigen wissenden Augen. Man schlug die Tür zu, teilte sich die Pizza Margherita im Stehen und machte sich sofort daran, sie wieder abzutrainieren.

Seit ungefähr einem Jahr ist Essen unser Sex. Wir pflücken stundenlang Steinpilze im Wald, reiben Hühnerbeine liebevoll mit Olivenöl ein und seufzen mit dem Mund voll Trüffelravioli. Danach sitzen wir mit vollen Bäuchen am Tisch, denken verstohlen an das, was früher war, und sind froh, wenn einer den Fernseher einschaltet.

»Bleibt das jetzt eigentlich für immer so?«, frage ich Jonathan beim Essen möglichst neutral.

»Was meinst du?«

»Na, du und ich und das Thaihuhn. Ist das jetzt für immer?«

Er starrt mich an. Er weiß genau, was ich sagen will. Trotzdem wählt er den einfacheren Weg: »Na ja, ein bisschen Abwechslung auf dem Speiseplan ab und zu wäre schon nett.«

»Du weißt, was ich meine.«

Ich sollte mich gar nicht so aufspielen. Ich würde ihn nicht fragen, wenn ich nicht ganz genau wüsste, dass er sich niemals von mir trennen würde. Schon gar nicht in diesem Moment, mit einem Thaihuhn auf dem Tisch. Was also will ich hören?

»Was willst du hören, Wanda?«

»Ich weiß es nicht.«

»Dass ich dich für immer will?«

Ja.

Nein.

»Ich will dich für immer.«

Mir wird schlecht. »Du meinst aber nicht heiraten und so?!«

»Wenn du mich so fragst, doch.«

Zusätzlich wird mir heiß. Und dann überschlägt sich plötzlich das Herz:

– *Das war ein* Antrag!

– *Das war gar nichts!*

– *Doch, das war ein Antrag, und du musst nur noch* Ja *sagen.*

– *Ich werde* gar nichts *sagen.*

»Wanda? Was ist los, warum sagst du nichts?«

»Willst du mich auch noch, wenn ich alt und grau bin, meine Brüste schlaff werden und ich ein Gebiss brauche?«

»Das würde ich mir noch mal anschauen müssen, wenn es so weit ist, aber ich denke schon.« Er lacht. Ich verzweifle. Muss er denn immer die richtigen Antworten geben?

»Und was, wenn ich ein Raucherbein bekomme, das amputiert werden muss? Bleibst du dann auch bei mir?«

»Ich denke schon.« Jonathan stopft sich das letzte Stückchen Huhn in den Mund und fügt beiläufig hinzu: »Außerdem kann ich mich nicht daran erinnern, dass wir je viele Sachen gemacht haben, wozu wir deine Beine gebraucht hätten.«

Das war's. Ich kann doch keinen Mann verlassen, der solche Sätze sagt.

Aber heiraten kann ich ihn auch nicht.

Jonathan leckt sich die Finger ab: »Andere Frauen würden sich übrigens freuen, wenn ihr Freund ihnen einen Antrag macht.«

»Du machst mir keinen Antrag, du machst mir Druck.«

»Langsam nervst du. Ich wollte dich gar nicht fragen, ob du mich heiraten willst, Wanda. Das hast du irgendwie … selbst gemacht.«

»*Ich* habe *dich* bestimmt nicht gefragt, ob du mich heiraten willst.«

Oder jedenfalls habe ich es nicht so gemeint.

»Schon gut, lass uns damit aufhören. Warst du heute nicht in unserer neuen Wohnung?«

Nicht unsere Wohnung. Die Wohnung meiner Großeltern. Die Wohnung meiner toten Großeltern. Die Wohnung mit den Bernsteinhaaren meiner Großmutter unterm moosgrünen Teppich.

»Nenn sie bitte nicht so. Erstens steht sie noch voller Kram, und zweitens habe ich mich noch nicht entschieden, ob ich sie wirklich nehme.«

»Eine Fünfzimmerwohnung im Herzen von Hamburg-Othmarschen, die uns dein Vater schenken möchte – da entscheide ich einfach für dich mit, liebste Wanda.«

»Es ist aber nicht deine Entscheidung.«

Jonathan seufzt. »Wir schaffen es heute nicht, oder?« Seine Stimme klingt müde.

»Was schaffen wir nicht?«

»Das mit dem Nicht-Streiten.«

Ich greife nach seinem Teller und staple ihn auf meinem, sodass mein Besteck nun zwischen den beiden Tellern eingeklemmt ist. Jonathan hasst das. Ich kann sehen, wie er sich konzentriert, nicht hinzuschauen.

»Nein, ich glaube, heute schaffen wir es nicht«, sage nun auch ich und klinge dabei ebenfalls müde. »Vielleicht ist es besser, du gehst jetzt.«

»Warum das denn auf einmal?«

»Weil mir das gerade alles zu anstrengend ist.«

»Zu anstrengend. Ich verstehe.« Jonathans Tonfall kippt ins Sarkastische. »Weißt du, Wanda, wenn das für dich alles so wahnsinnig unrealistisch ist, dass wir zusammenziehen, dass wir heiraten … dann verstehe ich nicht, warum du immer noch bei mir bist.«

»Das frage ich mich auch manchmal.«

»Warum trennst du dich dann eigentlich nicht von mir?«

»Trenn *du* dich doch«, motze ich zurück und fege mit dem Arm so heftig über den Tisch, dass der Teller mit den Krabbenchips auf dem Boden landet und zerbricht. Das war jetzt ungewollt dramatisch. Aber zurück kann ich nur schlecht. Jonathan zieht genervt die Augenbrauen hoch, steht auf, bückt sich, um die Scherben aufzusammeln, und hält inne.

Wenn er das jetzt macht, denke ich, was für ein Weichei. Und als ob er das gehört hätte, steht er auf, lässt die Scherben liegen, dreht sich um und … geht. Ohne ein Wort aus dem Zimmer, aus der Wohnung, aus dem Haus. Beeindruckt höre ich durch die offene Balkontür seinen Wagen starten und davonfahren, dann sitze ich eine Weile regungslos am Tisch.

»So viel zu der Frage, ob das mit uns für immer ist«, flüstere ich und bahne mir meinen Weg durch die Scherben ins Schlafzimmer. Wie sollen wir den Rest des Lebens miteinander verbringen, wenn wir noch nicht mal einen einzigen friedlichen Abend schaffen?

Trotzdem: Die Zeiten, in denen ich in solchen Situationen geweint habe, sind vorbei. Ich weiß genau, wie gut wir in ein paar Tagen darin sind, so zu tun, als wäre nichts geschehen.

Früher hätte eine Unterhaltung wie die heutige gereicht, um die Sache zu beenden. Man hätte sich ein paar hartnäckige Tränen aus den Augen gewischt und dem nächsten Mann gewunken. Aber jetzt ist da plötzlich dieses Gefühl, dass man sich sehr genau überlegen muss, welchen Mann man mit dreißig noch verlässt. Welcher Spielverderber hat eigentlich das Karussell angehalten?

Wahrscheinlich die gleiche Spaßbremse, die mir auch die Falten in die Augenwinkel gemalt und an den Brüsten gezogen hat. Die Zeit. Rennt und rennt und läuft und läuft, während man selbst faul herumsteht und darauf wartet, dass das Leben beginnt. Also das echte. Bisher hat man ja praktisch nur geprobt.

Hat schon viel Spaß gemacht, das mit dem Proben, das kann man nicht anders sagen, und gerade deswegen sollte das richtige Leben auch bitte demnächst mit Pauken und Trompeten beginnen. Aber irgendwie bleibt der Tusch aus. Nirgendwo geht ein Vorhang auf, und Applaus kann man auch keinen hören. Da ist nur der Mann, der auch schon die letzten Jahre da war, und der nun fragt, ob man ihn heiraten will. Und auf einmal merkt man: Das ist schon mein Leben. Das war gar keine Probe. Man steckt mittendrin. Und »Anfang« kann man das beim besten Willen nicht mehr nennen. Die nächsten Jahre mit diesem Menschen werden auch nicht viel anders sein als die letzten, eher sogar langweiliger. Und wenn man um die nächste Ecke biegt, wird dort aller Wahrscheinlichkeit nach auch nicht plötzlich ein anderes Leben auf einen warten.

2

»Did you have any relationships before?«
»Of course I had.«
»So what happened? Why didn't they work out?«
»What always happens. Life.«

(500) Days of Summer

Die Reste vom gestrigen Abendessen stehen noch auf dem Tisch. In der Spüle die zwei Weingläser, unsere halb ausgetrunkene Beziehung drängt zurück in mein Gedächtnis. Jonathans Pulli hängt noch über dem Stuhl, es kostet mich einiges an Überwindung, nicht daran zu riechen. Auf dem Boden die Scherben von meinem großen Auftritt.

Ich setze mich mit dem Kehrblech neben den zerbrochenen Teller und denke über die gestrige Aufregung nach. Ist ein krümelkehrender Mann wirklich so unverzeihlich? Sollte ich mich nicht vielmehr freuen über einen Mann, der das Nest sauber hält? Der dem Nachwuchs ein Lätzchen umbindet, die Spülmaschine freiwillig ausräumt und schnell noch mal durchsaugt, bevor er abends zu mir ins Bett steigt? Was soll das Theater? Andere Frauen würden sich den kleinen Finger für ihn abhacken. Ich kann sie förmlich riechen, wie sie vor dem Ausgang unserer Beziehung stehen und auf ihn warten. Diese seit ein paar Jahren Dreißigjährigen, diese gerade noch im Saft stehenden, diese die Verzweiflung ahnenden Nestbauerinnen. Wie sie sich die Lippen lecken, das empfängnisbereite Becken vorstrecken und dabei schon eine ziemlich genaue Vorstellung haben vom richtigen Kinderwagenmodell. Sie werden ihn einfangen, sich zwei Kinder machen lassen und ihn für die nächsten fünfzehn Jahre vom Markt nehmen.

Wie lange hat meine Großmutter gezögert? Hat sie überhaupt gezögert? Wie lange waren meine Großeltern glücklich? Und ab wann waren sie es nicht mehr?

Meine Großmutter ist für ihren späteren Mann nach Norddeutschland gezogen, von Köln nach Hamburg. Ich erinnere mich, dass ich sie mal gefragt habe, wie das war, als Kölsche Frohnatur in den zurückhaltenden Norden zu kommen. Sie hatte mit den Schultern gezuckt und geantwortet, sie sei eben verliebt gewesen. Jedes Mal aber, wenn sie ihre Heimatstadt besucht hatte und zurückkam, erzählte sie mit einem Strahlen in den Augen davon, dass die Menschen in den Straßenbahnen miteinander geredet hätten, einfach so, ohne sich näher zu kennen.

Ich weiß genau, wovon sie redet. Ich bin auch in Köln groß geworden. Mein Vater war als Student in die Heimatstadt meiner Großmutter gezogen, hatte sich dort in meine Mutter verliebt und mit ihr ein Leben aufgebaut. Ich wiederum bin nach dem Abitur zum Studieren zurück nach Hamburg gegangen. Die Geschichte meiner Familie spielt sich seit drei Generationen zwischen diesen beiden Städten ab. Köln und Hamburg. Und meine Großmutter war diejenige, die dieser Geschichte ihren Anfang gegeben hat.

Hat sie sich jemals die gleichen Fragen gestellt wie

ich? Und wenn sie sich damals anders entschieden hätte, wer wäre dann mit meinem Großvater in die Fünfzimmerwohnung in Othmarschen gezogen? Vielleicht eine dünne vertriebene Schlesierin mit Strichmund. Oder eine groß gewachsene Lübeckerin mit norddeutschem Dialekt. Hätten diese Frauen auch zwei Söhne geboren? Dann wäre ein anderer Mann mein Vater. Und ich eine andere Tochter.

Aber mein Großvater hat keine Schlesierin mit Strichmund kennengelernt und auch keine Lübeckerin mit Dialekt gefragt, ob sie zu ihm nach Hamburg zieht. Sondern er hat sich in meine Großmutter verliebt, eine normal große, normal schwere Kölnerin mit schwer zu bändigenden Locken. Und weil sie Ja gesagt hat, sitzt im Wohnzimmer jetzt die rosafarbene Porzellanfigur, die die beiden von ihrem ersten gemeinsamen Urlaub mitgebracht haben. Deswegen liegt in der Küche ein Kochbuch mit neunundneunzig Rezepten für Reibekuchen. Und deswegen steht auf dem Nachttisch meines Großvaters ein gerahmtes Schwarz-Weiß-Foto aus den Sechzigerjahren – von ihm und einer leicht spöttisch lächelnden Frau mit dunklen, etwas zu wilden Haaren.

Jeden Tag der vergangenen Woche habe ich dieses Bild in den Händen gehalten, habe daraufgestarrt, bin ein paar Schritte durchs Zimmer gelaufen, habe nicht gewusst, wohin damit, nur um es mit einem Seufzen wieder an seinen Platz auf dem Nachttisch zu stellen. Nicht anders ist es mir mit den restlichen Gegenständen in der Wohnung gegangen. Die ganze Woche bin ich durch die Räume gegeistert, habe Teppiche hochgehoben und wieder fallen lassen, Bücher aus dem Regal genommen und dann doch wieder zurückgestellt. Jedes einzelne Ding in dieser Wohnung hatte seit Jahren seinen angestammten Platz, seine eigene Daseinsberechtigung, seine feste Bedeutung im Kosmos meiner Großeltern. Und im Gegensatz zu meinen Großeltern löste sich die Bedeutung der Dinge nicht einfach auf. Sie blieb in der Wohnung und funktionierte wie ein Klebstoff, der das Buch auf dem Regal und den Teppich auf dem Boden hielt. Ich bekam die Bedeutung einfach nicht ab.

Das Schöne an einem nicht ganz ernst gemeinten freitagabendlichen Beziehungsstreit ist das darauffolgende Wochenende. Wenn man es schafft, überzeugend und langfristig beleidigt zu sein, hat man endlich mal wieder zwei freie Tage und Nächte nur für sich allein, ohne sich dabei ernsthaft einsam fühlen zu müssen.

Wenn ich das Wochenende mit Jonathan verbringe, verfallen wir in so einen merkwürdigen Pärchenmodus mit extrem einfallslosem Rollenverhalten. Dieses Rollenverhalten zwingt mich dazu, samstagmorgens noch vor neun Uhr auf den Markt zu gehen, um vormittags einen Nudelsalat für die Party von Sandra und Dirk zuzubereiten. Jonathan bringt für seinen Teil das Auto zur Waschanlage, bevor wir nachmittags zusammen zu der Party von Sandra und Dirk oder irgendeinem anderen befreundeten Pärchen in irgendeinem Hamburger Innenhof fahren. Dort hängen wir etwas gelangweilt herum und können noch nicht mal zum Zeitvertreib andere Gäste anbaggern, weil wir uns ja dummerweise gegenseitig mitgebracht haben. Rauchen darf ich auch nicht (mindestens ein Drittel der Anwesenden ist schwanger), und saufen kann ich nicht (dazu wird schon Jonathan von seinem Rollenverhalten gezwungen, und irgendwer muss ja nach Hause fahren). Aus Frust stopfe ich mich mit Biowürstchen voll und lobe den selbst gemachten Ketchup der Gastgeberin. Am Ende des Abends ertappe ich mich dabei, Salatrezepte auszutauschen und das in dem Moment sogar ernst zu meinen.

Am Sonntag gehen wir spazieren, damit »man endlich mal wieder ins Grüne kommt«. Dabei sitzen wir die meiste Zeit im Auto, denn das Grüne ist immer sehr weit weg. Abends sitzen wir dann wieder, diesmal vorm Fernseher. Das unvermeidliche, sonntägliche »Das-Wochenende-ist-vorbei-Gefühl«, das sich während des Tatorts einstellt, muss ich wohl niemandem mehr beschreiben. Und während wir so nebeneinandersitzen, beschleicht uns still und heimlich das schlechte Gewissen, weil wir schon wieder nicht gevögelt haben, obwohl wir theoretisch das ganze Wochenende dazu Zeit gehabt hätten.

Nein, dieses Wochenende werde ich im Singlemodus verbringen, und auch hierfür gibt es ein ausgeprägtes Rollenmuster. Es dauert eine Weile, bis ich wieder hineinfinde, aber dann funktioniert es ganz wunderbar: Morgens gehe ich *nicht* zum Markt, ich kaufe *kein* frisches Gemüse, ich gehe überhaupt nicht raus, und deswegen ziehe ich mich auch gar nicht erst an. Im Stehen frühstücke ich die Reste vom Abendessen und schalte den Fernseher an. Den Vormittag verbringe ich damit, alle Folgen der dritten Staffel von *Breaking Bad* zu schauen und nebenbei eine perfekte Maniküre hinzulegen. Nachmittags wird mir ein bisschen langweilig (was für ein Gefühl!), ich telefoniere nacheinander mehrere Freundinnen ab, von denen die meisten im Pärchenmodus sind und gerade auf irgendwelchen Gartenpartys. Ich schaue noch mehr Filme und ziehe immer noch keinen BH an, bis ich irgendwann richtig Hunger bekomme und um einundzwanzig Uhr zum Lidl gehe – der alten studentischen Zeiten wegen und weil das der einzige Laden ist, der samstags um diese Zeit noch geöffnet hat.

Wenn ich zu lange allein in meiner Wohnung gewesen bin, vergesse ich manchmal, wie viele Menschen sich in der Welt da draußen aufhalten. Und wie gut die alle angezogen sind. Beim Spiegelcheck zu Hause sah das mit der in die Stiefel gestopften Jogginghose noch irgendwie lässig aus; jetzt komme ich mir plötzlich sehr schäbig vor. Ich sehe aus, als hätte ich meinen Schlafanzug noch an, und wenn man ehrlich ist, ist das ja auch der Fall. Ich senke den Blick und wusele mich durch. Hoffentlich treffe ich jetzt niemanden, den ich kenne.

Im Lidl stoße ich an meine Belastbarkeitsgrenze im Singlemodus, der Laden sieht um diese Zeit aus, als hätte eine Bombe eingeschlagen. Hier und da ziehen fünfzehnjährige Raver eine Packung Chips aus den Kartonruinen, ein paar Penner kaufen unter den strengen Augen der Sicherheitsleute ihre Flasche Korn für die Nacht. In riesigen Kühltruhen liegen Berge von billigem Fleisch, in Plastik verschweißt und mit neonfarbenen Etiketten beklebt. Sofort bereue ich es, heute nicht auf den Wochenmarkt gegangen zu sein. Schnell suche ich die Sachen für ein Pesto zusammen, wenn ich schon mal hier bin, Parmesan und Pinienkerne sind im Bioladen ja nie zu bezahlen.

Als ich realisiere, wer vor mir an der Kasse steht, ist es schon zu spät. Wie hypnotisiert starre ich auf Phillips Nacken und bekomme einen Schweißausbruch. Warum muss ich mich immer an der falschen Kasse anstellen? Auf der Liste von Leuten, die ich in meinem Zustand nicht treffen will, hat Phillip einen Ehrenplatz ganz oben.

Phillip, der mir auf einer Party aufgefallen war, weil er als einziger Mann seinen Nudelsalatteller nicht in die überladene Spüle schmiss, sondern in die Spülmaschine stellte. Phillip, der mich zum Essen ausführte und danach tatsächlich auch die komplette Rechnung bezahlte. Phillip mit den spießigen Eltern, denen einzig und allein wichtig war, welchen Studienabschluss ihr Sohn machte, damit er viel Geld verdienen konnte.

Phillip war der erste Mann, mit dem ich zusammengezogen bin. Und bis heute der einzige. Ich verstehe immer noch nicht so richtig, wie es dazu kommen konnte. Dazu, dass ich überhaupt mit ihm zusammengezogen bin, meine ich. Vielleicht lag es daran, dass unserer Mädchen-WG langsam die Luft ausging. Die Partys dort wurden von Mal zu Mal weniger ausgelassen, wir hatten kaum noch Studenten in unserem Freundeskreis, und ich ertappte mich dabei, von so etwas wie einem kompletten Wohnzimmer zu träumen anstatt einer Küche mit Sofa. Ganz sachte und fast unbemerkt spülte mich die Zeit raus aus diesem »Lebensabschnitt Wohngemeinschaft«, und da ich mich nicht festhielt, sondern treiben ließ, landete ich in Phillips offenen Armen.

Unauffällig versuche ich mich zurückzuziehen, gehe

ganz vorsichtig und langsam rückwärts, bis zu dem Moment, in dem er sich umdreht. Er muss mich gerochen haben, und das ist tragischerweise noch nicht mal unrealistisch.

Allererste und oberste Regel beim Exfreunde treffen: aussehen wie eine Göttin. Noch besser: aussehen wie eine Göttin, die frisch vom Friseur kommt, gerade vier Kilo abgenommen hat und gut gelaunt auf dem Weg zur besten Party ihres Lebens ist.

Diese Regel habe ich soeben gebrochen. Ich habe einen Schlafanzug an, fettige Haare, Augen, wie man sie nur nach sechs Stunden Fernsehen hat, aber wenigstens, Gott sei Dank, ich trage einen BH.

Phillip sieht natürlich phantastisch aus. Schwarze Locken, Dreitagebart, die Hose sitzt wie immer tief. Aber ich lasse mich nicht täuschen, ich kenne den Spießer in ihm.

»Wanda, hallo.«

Er umarmt mich kurz, verdächtig kurz, aber leider nicht kurz genug. Er scheint sich wirklich zu freuen.

»Wie schön, dich zu treffen. Wir haben uns ja ewig nicht mehr gesehen. Du siehst fertig aus.«

»Danke, ich komme grad vom Sport.«

»Ah, das riecht man. Und, wie geht's so?«

In den folgenden vier Minuten schmeißen wir Phrasen hin und her, während ich mir verlegen durch die fettigen Haare fahre und beschämt auf das Rollband starre. Wenn ich doch wenigstens ein bisschen Rouge, einen Hauch Deo … Wir bezahlen und stehen etwas unschlüssig neben den Punks vorm Lidl.

»Du hast nicht zufällig Lust, mit zu uns zu kommen? Larissa kocht gerade.«

Ein guter Scherz. »Total gerne, Phillip. Aber ich habe leider so gar keine Zeit … Vielleicht ein anderes Mal?«

»Ja klar, vielleicht morgen Abend?«

Warum eigentlich nicht. Ich könnte mich vorbereiten, bezaubernd aussehen, gut riechen, unterhaltsam und selbstbewusst sein. Ein bisschen rumglänzen, ein bisschen angeben und mich davon überzeugen, dass es richtig war, Schluss gemacht zu haben. Mit ein wenig Glück würde ich die beiden dann sitzen lassen in ihrer Spießeridylle und Jonathan wieder besser zu schätzen wissen.

»Gut. Morgen.«

»Super. Um acht? Du weißt ja, wo …«

Ja, mein Lieber. Ich weiß, wo. Das weiß ich nur allzu gut.

Mit den Bildern fange ich an. Vorsichtig nehme ich dicke goldene Rahmen von den Wänden. In den Rahmen: Äpfel, Bananen und Orangen in Öl. Artischocken in Öl. Tiere in Öl. Zwei Hirsche, ein Hund und vier Rebhühner in Öl. Wälder in Öl. Winterlandschaften in Öl, Sommerlandschaften in Öl, Sonnenuntergänge in Öl. Ölmalerei scheint etwas gewesen zu sein, auf das sich meine Großeltern einigen konnten, als sie noch lebten. Öl und Schweigen. Ich habe sie nur selten miteinander sprechen sehen und erinnere mich an endlos stille Nachmittage, an denen ich als Kind oder Jugendliche versucht hatte, die Stille zwischen den beiden zu vertreiben. Denn mit mir redeten sie.

Ich habe nie verstanden, ob sie ein Abkommen geschlossen hatten oder ob ihnen die Worte einfach verloren gegangen waren. Um die Stille am Abendbrottisch nicht länger ertragen zu müssen, fragte ich meine Großmutter etwas, und wenn sie mir antwortete, nahm ich ihr letztes Wort und reichte es an meinen Großvater. Aber alle Worte, die ich auffing und weitergab, waren bei näherer Betrachtung nur Hülsen, und sosehr ich mich auch bemühte, sie aufzuwerten, aneinanderzureihen, eine Konversation herzustellen – ich blieb erfolglos. Meine Großeltern ließen die Worthülsen des jeweils anderen fallen, ohne sie überhaupt richtig angesehen zu haben.

Ich habe mir strengstens verboten, darüber nachzudenken, wie wir die Räume aufteilen würden, falls Jonathan und ich hier einziehen sollten. Aber es ist wie die Sache mit dem rosa Elefanten: Es funktioniert einfach nicht. Immer wieder schiebe ich in Gedanken meinen alten Schreibtisch vor das wunderbar große Wohnzimmerfenster. Oder ich ertappe mich dabei, mir vorzustellen, wie wir die Tür zwischen Schlaf- und Badezimmer herausreißen. Wie wir die unter dem Teppich versteckten Dielen abschleifen. Ich sehe Jonathan und mich auf dem Fußboden hocken, während wir den freigelegten Holzboden einölen.

Diese Gedanken wären bis hierhin sogar noch okay. Wenn ich nur nicht weiterdächte. Wenn ich mir nicht im nächsten Schritt vorstellen würde, wie wir unser hart verdientes Geld in ein neues Bücherregal stecken. Wenn ich mich nicht fragen würde, nach welchem Schema wir unsere Bücher dort einsortieren werden. Geordnet nicht nach »Mein« und »Dein«. Sondern nach Autoren, Themen oder Farben. Wenn wir in der Küche unsere Teller in die Schränke räumen würden, meine blassrosa Flohmarktteller zwischen seine schneeweißen Designerteller. Wenn sich die Dinge vermischen bis ins Kleinste, bis hin zu unseren schwarzen Socken auf einem Wäscheständer. Und dadurch am Ende eine einzige feste, nicht mehr zu teilende Einrichtungsmasse entsteht. Eine Einrichtungsmasse, die jedem zu erkennen gibt: Das sind die Sachen von Wanda und Jonathan, die beiden haben sich langfristig füreinander entschieden. Denn Wanda ist dreißig und seit drei Jahren mit Jonathan zusammen und braucht einen neuen Sinn für ihre Brüste, und Jonathan ist genau die richtigen vier Jahre älter als sie und außerdem ein sehr netter junger Mann. Sie sind zur gleichen Zeit am gleichen Ort, und sie lieben sich auf diese hübsche Art und Weise, warum also sollten sie sich nicht festlegen?

Und nur ein paar Gedanken weiter wartet die Angst auf mich. Dass Jonathan und ich die falsche Option sind. Dass wir uns gegenseitig die Zeit rauben und es erst Jahre später merken. Dass alles, was am Ende von uns übrig bleibt, eine fest verschmolzene Einrichtungsmasse ist, die wir verzweifelt versuchen, wieder auseinanderzuteilen.

In den drei Jahren, die ich mit Jonathan zusammen bin, war ich immer peinlich darauf bedacht, unsere Sachen nicht zu sehr zu vermischen. Ich achte darauf, dass meine Dinge bei mir bleiben und seine Dinge bei ihm. Wenn ich eine DVD zum Filmeabend mitbringe, hole ich sie am Morgen darauf aus dem Player, bevor ich die Wohnung verlasse. Auch Unterwäsche, Zahnbürsten und Ladegeräte liegen nicht länger bei Jonathan herum als unbedingt nötig. Denn wenn diese Dinge zu viel Zeit in seiner Wohnung verbringen, passiert etwas Seltsames: Sie verändern sich. Sie sind nicht länger nur das, was sie vorher waren: eine DVD, die ich von Anika geschenkt bekommen, ein Höschen, das ich im Dreierpack bei H&M gekauft habe.

Die Dinge laden sich auf. Während sie in Jonathans Wohnung herumliegen, gewinnen sie an Bedeutung. Das Höschen wird von ihm gewaschen und wie eine Requisite an die Klinke seiner Schlafzimmertür gehängt, an der wir wochenlang nicht vorbeigehen können, ohne einen bescheuerten Witz zu machen. Die DVD liegt so lange auf dem DVD-Player, bis sie mit den anderen DVDs eine Einheit bildet und nirgendwo anders mehr wohnen kann als eben auf Jonathans staubigem DVD-Player. Lasse ich diese Dinge auch nur ein bisschen zu lange in seiner Wohnung liegen, füllen sie sich an mit Geschichten und Gefühlen. Und wenn wir uns trennen, werden es diese Gegenstände sein, die den Schmerz bringen. Weil sie irgendwann zurückgetauscht werden und ihre Geschichte weitererzählen. Ich werde das Höschen nicht mehr anziehen können, ohne an Jonathans Hände auf meinem Po zu denken, und der Anblick der DVD wird mich daran erinnern, wie wir abends gemütlich auf seinem Sofa vor der Glotze gelegen haben. Ich bin seit drei Jahren darauf vorbereitet, jederzeit aus Jonathans Leben verschwinden zu können, ohne eine einzige Zahnbürste zu hinterlassen, die ihm dann später mit ihrem Zahnbürstenköpfchen aus seinem Badezimmerschrank melancholisch entgegenschaut.

Jonathan hat dieses Problem nicht. Er markiert meine

Wohnung gerne mit seinen Sachen. Nach jedem Besuch liegt wie selbstverständlich mindestens ein fremdes schmutziges Hemd in meinem Wäschekorb. Ich nehme es, stopfe es in die Waschmaschine, hänge es zum Trocknen auf und bügele es. Anschließend lege ich es in den Jonathan-Korb, der neben der Tür steht und eigentlich gar nicht ihm gehört. Diesen Korb habe ich erfunden, damit seine Dinge ihren Weg zurück finden. Er muss ihn jedes Mal mitnehmen, wenn er nach Hause fährt, und ihn wieder mitbringen, wenn er kommt. So können wir beide die Ordnung hübsch aufrechterhalten. Ein neues Leben aufzubauen fällt schwer, wenn man beruflich jahrelang die Reste fremder Leben entsorgt.

Vielleicht fiele es mir leichter, wenn ich das Leben nicht immer im Ganzen sähe. Wenn ich nicht dauernd darüber grübeln würde, wo die Dinge anfangen und wo sie enden. Aber jetzt, wo ich meine Großeltern aus dieser Wohnung räume … Ich kann nicht aufhören, mich zu fragen, ob das ein Anfang oder ein Ende ist.

Plötzlich bewegt sich etwas in meiner Brust. Ich habe schon geahnt, dass sich mein Herz bei diesen Gedanken regen würde.

– *Das ist natürlich ein Anfang. Meine Güte, Mädchen, deine Fragerei kann einem wirklich auf die Nerven gehen.*

– *Entschuldige bitte, dass ich in der Wohnung meiner toten Großeltern ein* bisschen *wehmütig werde. Im Übrigen dachte ich, solche Gefühle wären eigentlich dein Job.*

Das Herz wird ganz plötzlich ein halbes Grad kälter:

– *Mir doch egal. Ich fühl nun mal grad was anderes.*

– *Ich versteh schon.* Du *hast mehr Lust auf Anfänge …*

– *Richtig. Und darum verstehe ich auch nicht, warum*

wir morgen zu diesem Langweiler Phillip müssen, obwohl ich den schon vor Jahren hinter mich gebracht habe.
– *Weil ich noch mal gucken möchte.*
– *Wonach?*
– *Ob ich alles richtig gemacht habe.*
– *Natürlich hast du das. Sonst wäre ich ja wohl kaum so cool geblieben, als wir ihn getroffen haben. Reicht dir das nicht?*

Eigentlich sollte es das. Aber irgendwie traue ich meinem Herzen noch nicht so recht.
– *Ich würde eben gerne auf Nummer sicher gehen.*
– *Verstehe,* antwortet es resigniert. Und dann, leiser und mit einem leichten Zischen: *Kontrollfreak!*
– *Brauchst ja nicht mitzukommen.*
– *Haha,* lacht das Herz trocken und dreht sich endgültig weg.

Insgesamt siebzehn Ölbilder verschiedenster Größen fotografiere und dokumentiere ich, verpacke sie in Luftpolsterfolie und verstaue sie in Kartons. Die ersten kleinen Veränderungen merkt man der Wohnung – wie so oft – noch nicht an. Käme jetzt ein Bekannter meiner Großeltern vorbei, er fände ordentliche, saubere Zimmer vor, die vielleicht ein bisschen zu still daliegen. Sähe er nicht ganz genau hin, er würde die hellen Flecken an den Wänden wohl nicht bemerken. Er könnte denken, die beiden seien nur kurz einen Kaffee trinken gegangen. Vielleicht würde er sich fragen, ob die Heizung ausgefallen ist.

Keine vierundzwanzig Stunden später stehe ich vor *der* Tür. Vor der Tür zu einer Wohnung, aus der ich vor mehr als drei Jahren ausgezogen bin. Ein bisschen mehr Engagement von seiner Seite, ein bisschen mehr Faulheit von meiner Seite, ich hätte Phillip nicht verlassen. Hätte nicht das Studium auf Eis gelegt. Wäre nicht für vier Monate nach Barcelona abgehauen. Hätte bei meiner Rückkehr nicht Jonathan kennengelernt, der zur gleichen Zeit in der gleichen Gegend wie ich eine Singlewohnung gesucht hat. Hätte nicht den neuen Job und keine neuen Freunde gefunden. Ich hätte niemals den Tisch mit Jonathan und dem Thaihuhn und so vielen Zweifeln geteilt.

Ich würde noch heute hier wohnen. Vielleicht hätte ich meinen Job aufgegeben; Phillip scheint mittlerweile gut zu verdienen. Vielleicht wäre ich Hausfrau und zum ersten Mal schwanger. Ich käme grad vom Einkaufen oder vom Schwangerschaftsyoga. Phillip würde mir die Tür aufmachen und die Taschen abnehmen, wir würden uns aufs Sofa setzen und zusammen einen Katalog für Babymöbel durchblättern. Würde ich weniger zweifeln?

Ich drücke den Klingelknopf. Heute sehe ich genau so aus, wie ich es mir bei unserem zufälligen Treffen gewünscht hätte. Einmal komplett durchgestylt, duftend und mit einem Blumenstrauß in der Hand stehe ich kurze Zeit später in einem Flur, der nicht mehr meiner ist.

– *Autsch. Ach.*
– *Was ist denn jetzt schon wieder?*
– *Hm, ach nichts. Nur die Erinnerung.*
– *Na bitte. Ich wusste doch, da war noch was.*

Phillip nimmt mir den Strauß ab und geht in die Küche. Während ich meine Jacke ausziehe und wie selbstverständlich an den gewohnten Haken hänge, kann ich durch die halb geöffnete Wohnzimmertür das Sofa sehen. Dort liegt eine gigantische Kugel, an der ein kleines Stück Mensch hängt. Larissa. Und Larissa ist so schwanger, dass es in den Augen wehtut. Sitzt breit und fett in diesem von mir vor Jahren ausgesuchten Nest und lacht den Fernseher an. Als ich ins Zimmer komme, wendet sie den Blick vom Gerät zu mir, das Lächeln bleibt das gleiche. »Wanda, wie schön.«

Schön? Was genau? Ich? Unser Treffen? Die Situation?

»Ähm, ja. Hallo, Larissa.«

Sie hievt sich aus den Kissen und gibt mir die Hand. Sie ist kleiner als ich, hat einen zarten Händedruck, der zu ihrem blassen Gesicht und den blonden, fransigen Haaren passt. Sie trägt ein violettes, uninspiriertes Twinset aus der Schwangerschaftsabteilung von H&M.

»Freut mich so, dass du uns mal besuchst. Phillip hat viel von dir erzählt …«

Sie hat eine seltsame Art zu sprechen. Langsam und irgendwie verschlafen. Ihre Worte scheinen sich gemütlich aneinanderzukuscheln, während sie sie ausspricht.

»Ach, wirklich?«

Entweder kennt diese Frau keine Eifersucht, oder sie ist eine durchtriebene Hexe.

»Natürlich. Obwohl ihr ja nicht lang zusammen wart … Aber die halbe Einrichtung hier ist schließlich von dir.«

Und das stört sie nicht?

Sie verstellt ihre Stimme und ahmt Phillip nach: »Dieses habe ich mit Wanda zusammen gekauft und jenes auch und das und das hier auch …« Sie zeigt mit den Händen auf verschiedene imaginäre Dinge um sie herum und hört dabei nicht auf zu lächeln. »Komm mit in die Küche, das Essen ist schon vorbereitet.«

Larissa kennt tatsächlich keine Eifersucht. Lässig schaltet sie den Fernseher aus und watschelt im Schwangerschaftsschritt voran. Ich folge ihr. Im Vorbeigehen sehe ich auf dem Sofatisch einen Katalog für Babymöbel liegen.

Jemand hat die Küche gestrichen. In Orange. Und mit Schwammtechnik. Das muss Larissa gewesen sein. So viel Geschmack habe ich selbst Phillip hiergelassen, dass er nicht auf so eine Idee käme. Ich kann mir genau vorstellen, wie die beiden nach meinem Auszug hier gestanden haben.

Sie, nörgelnd: »Ich will unbedingt eine neue Farbe in der Küche. So viel Weiß überall, das ist mir zu steril ...«

Er: »Okay, wenn du meinst. Und was?«

Sie: »Ach, irgendwas *Freundliches*. Eine Farbe, die ein bisschen *Stimmung* reinbringt.«

Er, zögerlich: »Rot vielleicht?«

Sie: »Nee, zu doll. Soll ja kein Puff werden.«

Er: »Hm.«

Sie, übertrieben euphorisch: »Wie wäre es mit Orange? *Das* macht doch gute Laune.«

Er: »Hm.«

Sie: »Am besten mit dieser Wischtechnik, das hat die Susanne auch bei sich gemacht, das sieht dann gleich ein bisschen flippiger aus.«

Er, gönnerhaft: »Was immer du willst, mein Schatz.«

Orange Wischtechnik ist nur ein einziges Mal im Leben erlaubt. Bei der allerersten WG. Und eigentlich auch nur bis Ende der Neunziger. Seltsamerweise gibt es noch immer Menschen, die diese einfache Regel missachten. Das sind übrigens die gleichen Menschen, die in diesem Zusammenhang das Wort »flippig« benutzen.

Phillip hatte schon immer einen ausgeprägten Nestbautrieb, und obwohl wir erst seit wenigen Monaten zusammen waren, baute er mich damals ein in diesen Plan, der seiner war und für den er nur noch das passende Versatzstück »Frau« gesucht hatte. Die Wohnung haben wir zusammen ausgewählt. Wir hatten Glück, muss man wohl sagen, dass wir sie bekommen haben. In meiner Stadt und in meinem Alter suchen alle Paare das Gleiche: sanierter Altbau, Holzdielen, Stuck, Badewanne, Balkon, Blablabla. Die Konkurrenz ist groß. Bei der Besichtigung trafen wir auf etwa zwanzig andere Paare, die genauso aussahen wie wir. Sie unterhielten sich miteinander, wie Phillip und ich es taten. Vermutlich hatten sie auch ähnliche Jobs und machten im Bett die gleichen Sachen wie wir.

Ich stand im Türrahmen und beobachtete die Frauen. Ich sah, wie sie in Gedanken Abstände einschätzten, ihre Möbel in den Räumen verteilten. Zwischendurch lachten sie ein bisschen zu laut über schlechte Maklerwitze. Mir wurde übel, und um mich abzulenken, drehte ich mich ebenfalls in den Raum hinein und schob imaginäre Möbel übers Parkett. Wahrscheinlich war das der Anfang vom Ende. Der Makler bestimmte, dass wir die Glücklichen sein sollten, die die Wohnung bekamen. Vielleicht, weil wir das einzige Paar waren, dessen weiblicher Teil nicht sofort für ein paar Quadratmeter Altbau mit ihm geschlafen hätte. Auch Makler haben ihren Stolz. Ein paar Tage später zerplatzten die Träume der anderen Pärchen wie Seifenblasen auf unseren sorgfältig geschliffenen Holzdielen. Phillip und ich zogen ein.

Wir machten alles so, wie wir es von unseren Freunden abgeguckt hatten. Wir zogen die Raufasertapeten ab und strichen die nackten Wände mit Papierhüten auf unseren Köpfen. Wir bummelten über Flohmärkte, und ich achtete peinlich genau darauf, die richtige Mischung aus neuen und alten Möbeln zusammenzustellen. Das komische Gefühl, das sich am Tag der ersten Besichtigung eingestellt hatte, ging leider nicht weg. Also kaufte ich teure Designertapeten und flauschige Handtücher und alte Emailledosen für unser Müsli. Aber je perfekter unsere Wohnung wurde, desto stärker wurde das falsche Gefühl. Und als wir nach drei Monaten fertig waren, wusste ich, dass ich nicht bleiben konnte. Kurz nachdem der letzte Dübel angebracht war, zog ich aus.

Phillip schaute sich verwirrt um, zuckte mit den Schultern und besorgte sich das fehlende Versatzstück »Frau« an anderer Stelle neu. Ich denke, diesmal achtete er allerdings darauf, in etwas Langlebigeres zu investieren, und machte dafür lieber Abstriche in anderen Bereichen – zum Beispiel bei der Kreativität.

Alles hier ist von mir ausgesucht. Eine komplette Ausstattung für ein vorzeigbares Pärchenleben in der Großstadt, zusammengetragen von der Ex. Bis auf die orange Küche hat Larissa fast nichts verändert. Mit Genugtuung bemerke ich, dass unser alter Küchentisch nun überhaupt nicht mehr ins Farbkonzept passt. Eigentlich ist er nicht alt. Wir haben ihn neu gekauft und mit schweineteuren Lasuren auf alt getrimmt. Die Kosten waren uns damals egal. Wir hatten den massiven Holztisch unter ganz anderen Kriterien ausgesucht. Kriterien, die schon zwei Wochen später keine Rolle mehr spielten. Wir haben kein einziges Mal darauf gevögelt.

Vielleicht ist Larissa an meiner Stelle in den Genuss gekommen. Vielleicht wurde das Kind in ihrem Bauch auf diesem Holztisch gezeugt, auf den sie jetzt drei Teller mit Spaghetti stellt. Ihr Bauch, mein Tisch, Phillips Sperma. Hätte irgendjemand nur ein kleines Stück am Schicksalsrädchen gedreht, könnte heute alles anders aussehen.

»Und, freut ihr euch auf das Baby?«, frage ich, während Phillip uns beiden Wein einschenkt.

»Was ist denn das für eine Frage«, antwortet er mit einer Mischung aus gespielter und ernster Empörung. »Klar. Warum sollten wir uns denn nicht freuen?«

»Na ja, der ganze Stress, der wenige Schlaf …«, ich wickle die Spaghetti um meine Gabel, spieße einen Scampi auf und versuche zu übersehen, dass das übertrieben rosafarbene Tier vor dem Kochen nicht entdarmt wurde, »…und die Verantwortung.« Als ich mir den ersten Bissen in den Mund schiebe, erstarre ich. Es ist, als hätte jemand einen Salzstreuer in meinen Mund geleert.

Larissa nickt mit dem Mund voller Nudeln. Sie scheint nichts zu bemerken. »Also ich freu mich drauf.«

»Und das Tolle ist, dass du nie wieder alleine bist, wenn du Kinder hast«, ergänzt Phillip strahlend.

Ich bezweifle, dass das wirklich ein positives Argument fürs Kinderkriegen ist; mich überzeugt es jedenfalls nicht. Ich exe den Rotwein und versuche zu lächeln.

Die süße Larissa serviert mir versalzene Fischkacke, und ich bin mir nicht sicher, ob das ihre unterschwellige Art ist, mir zu zeigen, dass ich mich verpissen soll.

»Ganz schön kräftig gewürzt«, bemerkt jetzt auch Phillip.

Larissa schaut ihn überrascht an, dann zuckt sie resigniert mit den Schultern: »Tut mir leid. Seit ich schwanger bin, lassen mich meine Geschmacksnerven irgendwie im Stich …«

Ich frage mich, ob ihr deswegen auch die Sache mit der Wandfarbe passiert ist. Aber weil sie doch eigentlich ganz nett ist und ich mich selbst nicht mehr ausstehen kann in der Rolle der ewig Zweifelnden, versuche ich ebenfalls, nett zu sein, und sage tatsächlich den Satz von der Liebe und dem Salz im Essen. Der Satz gefällt den beiden. Phillip nimmt Larissas Hand, sie lächelt ihn an, und … in dem Moment meldet sich mein Herz:

– *Ahhh. Romantisch.*

– *Bist du bescheuert?*

– *Wieso, was hast du denn?*

– *Das sind Spießer. So will ich niemals enden.*

– *Wirst du auch nicht, wenn du so weitermachst, Spielverderberin.*

– *Na, dann ist ja gut.*

– *Wie gut das ist, wird sich noch rausstellen …*

Ohne es zu wissen, fällt Larissa dem Herz ins Wort: »Phillip hat erzählt, dass du Innenarchitektur studiert hast?«

Ich nicke mit vollem Mund und kenne die nächste Frage schon.

»Und was machst du jetzt?«

»Ich arbeite in einer Firma für Haushaltsauflösungen.« Die Reaktion auf diesen Satz kenne ich ebenfalls schon.

»Ach«, sagt Larissa und variiert diese Standardantwort mit einer hochgezogenen Augenbraue. »Das ist jetzt aber doch nicht der typische Arbeitsplatz nach so einem Studium, oder?«

»Nein, eher nicht. Eigentlich hatte es auch nur ein Nebenjob sein sollen. Bin nur irgendwie … hängen geblieben.«

Phillip starrt mich an. »Immer noch?«

Ich lasse die Gabel geräuschvoll auf den Teller fallen; Larissa zuckt zusammen. Soll sie doch, die Teller habe *ich* gekauft, massives Steingut, das Geschirr in dieser Wohnung hält einiges aus.

»Nein, in Wirklichkeit arbeite ich seit ein paar Monaten in einer internationalen Interiordesignfirma und verdiene unverschämt viel Geld, aber das traue ich mich nicht zuzugeben.«

Larissa schaut verunsichert zwischen mir und ihrem Freund hin und her. Plötzlich ist sie die Fremde am Tisch, Phillip und ich sind von hier auf jetzt in unseren alten Beziehungsmodus gerutscht.

»Na dann: Herzlichen Glückwunsch. Wäre ja auch zu schade gewesen, wenn dein langes, teures Studium ganz umsonst gewesen wäre.«

Ich schiebe den Teller von mir weg und antworte so trocken wie möglich: »Nun, ganz umsonst wäre in jedem Fall übertrieben. Um eure Wohnung einzurichten, hat es immerhin noch gereicht.«

Larissa dreht nervös an ihrem Perlenohrring. »Das meint ihr jetzt ironisch, oder?« Sie lächelt Phillip hilfesuchend an.

Nett und ängstlich, wie er ist, lächelt er zurück und rutscht zurück in seine aktuelle Beziehung. »Schon gut. Wir machen nur Spaß.«

Ach.

Mir kommt das hier eher alles vor wie ein Déjà-vu in Endlosschleife. Die Wohnung, der Mann, die Unterhaltung. Nur die Frau ist neu im alten Nest. Aber da ich das Nest nicht mehr wollte und Phillip alleine offensichtlich nicht leben kann, ist sie eigentlich das Beste, was uns passieren konnte. Für Phillip ist Larissa auf jeden Fall die bessere Wanda, wie sie jetzt aufsteht, ihm durch die schwarzen Locken wuschelt und versöhnlich sagt: »Haushaltsauflösungen zu machen ist doch auch ein wichtiger Job.«

Ich nicke pflichtbewusst und erzähle nichts von den Splittern, die zertrümmerte Schrankwände in meine Seele bohren.

»Und jetzt entschuldige mich, Wanda, ich muss wieder zurück aufs Sofa.« Sie nimmt den halb vollen Teller und stützt ihn auf ihrer riesigen Kugel ab. Ich frage mich kurz und unwillkürlich, ob das Sofamuster Olivenölflecken vertragen kann.

»Bist du fertig?«

Ich nicke und beobachte, wie Phillip über den Tisch greift und Gabel und Löffel ordentlich nebeneinander auf meinen Teller legt. Eine längst vergessene Geste. Das hat er schon früher gerne gemacht, mir Benimmregeln beibringen. Und genau wie früher schaue ich auch jetzt, nach all den Jahren, demonstrativ über meine Schulter, um zu signalisieren, dass kein Kellner im Raum ist, der diese Geste erkennen könnte.

Im Wohnzimmer schaltet Larissa den Fernseher ein,

stellt das Volumen auf halblaut und wählt sich durch die Programme. Die Fernbedienung hat an der linken oberen Ecke eine Delle, das Material hat sich an dieser Stelle leicht verformt, als ich das Gerät eines Abends versehentlich in ein brennendes Teelicht auf dem Wohnzimmertisch gelegt habe. Wenn man es nicht weiß, sieht man es fast gar nicht.

»Einfacher bist du jedenfalls nicht geworden«, sagt Phillip, und seine Stimme schwankt irgendwo zwischen Erleichterung und Trauer.

»Ich hab's versucht. Hat nicht geklappt.«

Er nickt langsam und fährt sich mit den Fingern durch den leise knisternden Bart.

»Aber Larissa ist einfacher, oder?«, frage ich weiter.

»Ja, das ist sie. Und ja, ich weiß, was du denkst. Manchmal vielleicht ein bisschen zu einfach. Aber sie weiß, was sie will, und das ist zufälligerweise das Gleiche wie das, was ich will.«

»Und das reicht? Das Gleiche zu wollen?«

»Ist auf jeden Fall eine gute Basis. Im Unterschied zu dir zweifelt sie nicht dauernd.«

»Und was meinst du, wie viele Frauen da draußen hätten wohl auch das Gleiche gewollt und wären deswegen ebenfalls für dich infrage gekommen?«

»Wahrscheinlich ein paar Tausend. Aber nachdem ich mich entschieden habe, nur noch die eine. Und jetzt hör auf damit.« Phillip steht auf und schmeißt den Großteil des Abendessens in den Abfall. Er nimmt die volle Mülltüte heraus, bindet sie zu und stellt sie an die Küchentür. Dann räumt er unsere Teller in die Spülmaschine, zweihundertsechzig Euro, zahlbar über zwölf Monate. Würde in diesem Moment jemand Larissa aus dem Wohnzimmer radieren, könnte man meinen, die letzten Jahre wären nicht passiert.

»Ich wollte doch nur …« Ich versuche es mit einem Lächeln, aber Phillip fängt es nicht auf, es gleitet an seinem Gesicht herunter.

»Ich weiß, was du wolltest, Wanda. Mir deine Bedenken aufdrücken. Aber ich habe kein Interesse.« Er nimmt einen Lappen aus der Spüle und wischt über unseren Tisch, auf dem kein einziger Krümel, kein einziger Spritzer zu sehen ist. »Wahrscheinlich weißt du gerade selber mal wieder nicht genau, was du willst, kann das sein? Kann es sein, dass da wieder irgendein bemitleidenswerter Typ an dir dranhängt, der warten muss, bis du fertig bist mit zweifeln?«

»Jonathan ist nicht bemitleidenswert.«

»Wie auch immer, Wanda. Was für mich am Ende zählt, ist, dass ich mich darauf verlassen kann, dass Larissa noch da ist, wenn ich nach Hause komme. Und das ist mehr, als du bieten konntest.«

Als ich wenig später ins Wohnzimmer gehen will, um mich von Larissa zu verabschieden, ist sie auf dem Sofa eingeschlafen. Ich kann nicht widerstehen, kurz im Türrahmen stehen zu bleiben und diese farblose Frau im Licht des stumm geschalteten Fernsehers zu betrachten. Sie liegt auf der Seite, den schmächtigen Körper um ihren riesigen Bauch gekringelt. In der offenen Hand hält sie ihre Perlenohrringe. Im Schlaf sieht sie fast noch friedlicher und harmloser aus als sonst. Wenn ich Phillip auch nur noch ein kleines bisschen haben wollte, hätte dieses Bild das Potenzial, so richtig schön wehzutun. Aber das tut es nicht. Es fühlt sich richtig an. Auch wenn es mein Sofa ist, auf dem sie liegt, meine Decke, in die sie sich kuschelt. Sie ist diejenige, die hierhergehört. In dieses Leben, zu diesem Mann.

Als Phillip plötzlich hinter mich tritt, fühle ich mich ertappt. Aber auch er bleibt ganz ruhig, sagt kein Wort. Eine halbe Ewigkeit stehen wir einfach nur da und betrachten Larissa, die, genau wie das Baby in ihr, in Embryonalhaltung auf dem alten Sofa meines Vaters liegt.

Dann drehe ich mich um, verabschiede mich und nehme Phillip den vollen Müllbeutel ab, den er immer noch in der Hand hält.

»Das musst du nicht machen«, sagt er, und ich sage: »Stimmt« und nehme den Müll trotzdem mit raus. Phillip nickt, umarmt mich schon wieder auffällig kurz und ruft mir ein paar Floskeln hinterher, während ich schon durchs Treppenhaus laufe. Einen guten Heimweg? Ein schönes Leben? Ich bekomme es nicht mit. Und bevor ich antworten kann, stehe ich in der kalten Luft, und hinter mir schließt sich die Haustür zu meinem alten Leben. Dass ich den Müll in die falsche Tonne schmeiße, fällt mir erst auf, als ich schon neunzehn Schritte in Richtung S-Bahnhof Diebsteich gegangen bin.

– *Ich bin mir nicht ganz sicher, mein Herz.*

– *Worüber?*

– *Ob jetzt wirklich sie die Loser sind. Oder nicht doch eher wir.*

– *Wenn es nicht wehtut, haben wir alles richtig gemacht, oder?*

– *Ich finde, du hast in den letzten Stunden ganz schön oft gesagt, dass es nicht wehtut. Auffällig oft.*

– *Aber das tut es doch auch nicht. Oder?*

– *Na ja, jedenfalls nicht auf die schlimme Art und Weise. Aber irgendetwas fühlen wir. Irgendetwas schmerzt da doch …*
– *Du machst mich echt mürbe,* seufzt das Herz resigniert. *Ja, es* kann sein, *dass da noch ein kleines bisschen Schmerz ist. So ist das Leben, Mädchen. Die Männer hinterlassen eben Spuren, wenn sie gehen.*
– *Vielleicht ist es auch die Tatsache, dass Phillip jetzt nur noch eine Option ist, die wir nicht wahrgenommen haben. Ein Leben, das ohne uns weitergeht, weil wir uns gegen diesen Weg entschieden haben. Kann es das sein?*
– *Ja,* räumt das Herz ein, *das könnte es wohl sein.*
– *Und dass wir wissen, dass die Wege und Leben, gegen die wir uns entscheiden, begrenzt sind.*

Nun beginnt das Herz, sich in der Brust zu winden.
– *Ist ja gut jetzt, ich hab's kapiert,* ächzt es.
– *Im Zweifel ist es immer der Gedanke an die Endlichkeit, der irgendwie traurig macht.*
– *Die Endlichkeit nervt mich schon lange,* seufzt das Herz.
– *Frag mich mal,* antworte ich ihm.

Und während wir mit der S-Bahn durch das nächtliche Hamburg bis an die andere Seite der Stadt fahren, sind das Herz und ich uns einig.

Die halbe Nacht verbringe ich in der Küche vorm Wasserhahn. Larissas versalzenes Essen scheint jegliche Flüssigkeit aus meinem Körper gezogen zu haben. Ich stehe mit nackten Füßen auf den viel zu kalten Fliesen und muss daran denken, mit welcher Sicherheit Phillip heute gesagt hat, dass sie die eine ist. Die, die alle anderen ausschließt. Einfach, weil er sich für sie entschieden hat. Woher nimmt er diese Sicherheit? Und was an diesem Treffen hat mich so verunsichert? Die Austauschbarkeit dieser Frau? Oder die Willkür von Phillips Entscheidung?

Es ist nicht so, dass ich nicht selbst schon willkürliche Entscheidungen getroffen hätte in meinem Leben. Nur deshalb konnte mir schließlich das mit meinem Job passieren. Es war nur leichter, als ich noch dachte, ich könnte mich in den unendlich vielen Jahren, die vor mir liegen, tausend Mal wieder umentscheiden.

Bis vor ein paar Tagen noch schwamm ich in einem Strom von Möglichkeiten, der es schwer machte, sich irgendwo festzuhalten, irgendwo zu ankern und zu sagen: Das ist es jetzt. Ich ließ mich treiben und wartete darauf, dass ich mich zufällig irgendwo verfange. Dass sich riesige Dimensionen auftun, in denen ich endlich alles sein, alles tun könnte und in denen ich genau weiß, welchen Teil vom Alles ich will. Dass das Leben endlich Form annimmt, sich in eine bestimmte Richtung ausdehnt und ich als fertige, erwachsene Frau aus dieser Fruchtwasserblase herausploppe.

Aber seit das Herz angefangen hat zu sprechen, seit Jonathan mir einen Antrag gemacht hat, seit ich Phillips optionales Leben gesehen habe, fällt das Treibenlassen so viel schwerer. Ich will nicht aus Versehen so enden wie Phillip und Larissa. Ich will nicht in einem Nest wohnen, das genauso funktioniert wie all die anderen Nester in dieser Stadt. Und ich will auch keinen Mann, der nur deswegen zu mir passt, weil ich mich eben für ihn entschieden habe. Ich will mehr.

– Ich will, ich will, ich will. Aber was genau eigentlich? Besonders präzise bist du nicht gerade, Mädchen.

– *Das ist deine Schuld. Bevor du angefangen hast zu sprechen, waren die Dinge irgendwie einfacher.*
– *Ach, wirklich?*, fragt das Herz eine Spur zu schnippisch zurück.
– *Ja, wirklich. Und ich verstehe auch nicht, welchen Grund du hast, so arrogant zu tun. Eine große Hilfe warst du bis jetzt jedenfalls nicht.*
– *Ich …*
– *Du redest mir dauernd in mein Leben rein, aber einen richtigen Plan hast du auch nicht.*
– *Ich …*
– *Und überhaupt. Beziehungen sind Herzensangelegenheiten, oder nicht? Es ist doch eigentlich dein Job zu wissen, was ich will.*
– *Ich …*

Das dritte »Ich« klingt schon um einiges kleinlauter, wie ich zufrieden feststelle.
– *Ich geb ja zu, ich habe ein wenig die Orientierung verloren …*
– *Aha.*
– *Ich weiß in letzter Zeit selber nicht so genau, wohin mit mir.*
– *Na bitte. Dann bin ich offensichtlich nicht die Einzige mit ein paar ungeklärten Fragen. War doch nicht so schwer, das zuzugeben.*

Das Herz nickt ertappt in meiner Brust und seufzt:
– *Und jetzt?*

Ich trinke einen letzten großen Zug Leitungswasser und lösche das Licht in der Küche.
– *Jetzt? Jetzt brauchen wir einen Plan, würde ich sagen.*
– *Ja*, antwortet das Herz, und sein Tonfall wird wieder mutiger, *wir brauchen einen Plan.*

Ich lege mich zurück in meinen frisch aufgeschlagenen Sahneberg und versuche mich an das heranzutasten, was ein Plan sein könnte.

Wenn ich mit Jonathan zusammenziehe, bauen wir uns ein Nest, das ich danach nicht so einfach wieder verlassen kann wie die gemeinsame Wohnung mit Phillip. Ich werde ihn nicht dort sitzen lassen können und darauf hoffen, dass eine neue Frau möglichst bald meinen Platz einnimmt. Wenn ich mit Jonathan zusammenziehe, ist es mehr. Es ist die Wohnung meiner Großeltern. Es ist die Fortsetzung einer Geschichte. Es ist eine Ansage.

Ob es wohl irgendeinen Mann auf der Welt gibt, bei dem ich weniger Zweifel hätte? Phillip hat mir heute unbeabsichtigt, aber deutlich gezeigt, dass er es nicht ist. Aber was ist mit den Männern aus meinem Leben, die ich nicht ganz so einfach als »schlechte Alternative« abhaken kann? Mit den Männern, von denen ich mich irgendwann einmal aus einer Laune heraus getrennt habe? Mit den Männern, die aus heutiger Sicht vielleicht auch eine »gute Entscheidung« gewesen wären? Was passiert, wenn ich mich dahin traue, wo es wirklich wehtun könnte? Wenn ich zum Beispiel Max treffe?

Ich reibe mir die Augen. Langsam schwappt die Müdigkeit unter der Schlafzimmertüre hindurch und legt sich zu mir ins Bett. Und kurz bevor ich in dieser Nacht wieder einschlafe, verliebe ich mich in eine Idee.

Als ein paar Tage später mein Handy klingelt, erscheint auf dem Display das immer gleiche Bild von Jonathan. Bevor ich rangehe, muss ich kurz überlegen, ob ich noch sauer bin beziehungsweise sein darf. Das würde das Gespräch einfacher machen. Aber ich glaube, ich hatte von Anfang an kein Recht dazu.

»Lass uns reden, Wanda. Sollen wir uns treffen?«

»Ich habe jetzt keine Lust.«

»Wann hast du Lust?«

»Nie.«

»Soll das eine ernst gemeinte Antwort sein?«

»Nein. Aber ich … Jonathan, ich mag jetzt nicht reden. Ich will alleine sein.«

»Manchmal glaube ich, du willst am liebsten immer alleine sein.«

Manchmal glaube ich das auch.

»Nein, natürlich nicht. Ich brauch nur ’n bisschen Ruhe und Zeit. Kannst du nicht mit deinen Kumpels Bier trinken gehen?«

Er lacht trocken: »Ich kann leider nicht so viel Bier trinken, wie du Zeit brauchst, Wanda. Das schaffe ich nicht.«

Ich lache auch, und es ist sogar echt.

»Ernsthaft. Sogar wenn ich wollte, die meisten der Jungs sitzen zu Hause und schaukeln ihre Babys. Die dürfen nicht mehr raus, und ich glaube, die wollen auch gar nicht mehr.«

»Du meinst, alle legen los außer uns?«

»Ich meine, dass ich gerne mit dir zusammen sein möchte.«

»Verstehe. Ich werde mich beeilen mit dem Mir-Zeit-Lassen, okay?«

»Okay. Es wäre übrigens einfacher für mich, wenn du mir erklären könntest, was eigentlich los ist.«

– *Sag’s ihm doch einfach.*

– *Was soll ich ihm sagen?*

– *Dass du dir nicht sicher bist, ob er der Richtige ist.*
– *Das wird ihm wehtun …*
– *Aber es ist wenigstens ehrlich.*

»Wanda? Bist du noch dran?«

»Ja.« Ich trau mich einfach nicht. »Ich habe übrigens Phillip getroffen.«

»Phillip? Deinen Ex? Den Langweiler aus Bahrenfeld?«

Ich stutze. Wenn ich mich richtig erinnere, hatte das Herz das gleiche Wort benutzt, um Phillip zu beschreiben.

»Ja, genau den. Zufällig. Jedenfalls das erste Mal. Und dann noch mal, aber nicht mehr zufällig.«

Ohne ihn sehen zu können, weiß ich, dass Jonathan in diesem Moment aufgehört hat, zu atmen. Es ist immer das Gleiche. Ich quäle mich lange, bevor ich Klartext rede. Und ich quäle Jonathan lange. Und wenn ich mich endlich überwunden habe, den Anfang der Wahrheit auszusprechen, macht sein Schmerz mich ruckartig so traurig, dass ich schnell alle Worte wieder aufsammeln und zurück in meinen Mund stopfen will. Zwei Schritt vor und drei zurück. Ich spüre, wie seine Angst durchs Telefon krabbelt. Aber es ist die falsche Angst.

»Du musst dir keine Sorgen machen. Ich habe nur mal bei ihm vorbeigeschaut.«

»Aha. Und?«

»Nichts und. Er wohnt mit seiner Freundin noch immer in der alten Wohnung. Sie bekommen ein Baby. Sie sind glücklich.« Langsam und vorsichtig ziehe ich den Dolch aus Jonathans Herzen.

»Das freut mich wirklich sehr für deinen Exfreund, Wanda.«

Ich bin mir nicht sicher, ob eher die Traurigkeit oder doch die Ironie in seiner Stimme überwiegt.

»Und da hat er uns definitiv etwas voraus.«

»Das *Glücklichsein?*«

»Richtig. Und vielleicht auch das *Sich-für-etwas-entscheiden-Können.*«

Und dann sage ich es doch: »Ich bin mir einfach nicht sicher, ob es reicht, das zwischen dir und mir.«

– *Mutiges Mädchen,* flüstert das Herz mir schnell zu, dann ist es wieder still.

Aber Jonathan hat beschlossen, für heute genug Dolch im Herzen gehabt zu haben. Er regelt die Sache pragmatisch: »Wanda. Einfache Frage: Magst du mich?«

»Ja.«

»Nenn mir jemanden, den du noch mehr magst als mich.«

»Niemanden.«

Muss ich noch nicht mal lange überlegen für diese Antwort. Einfache Frage, einfache Antwort.

»Siehst du? Dann reicht es.«

Ich seufze und schmelze ein bisschen. »Schöne Rechnung, mein Liebster.«

Jonathan schmunzelt am anderen Ende der Leitung. »Danke schön.«

»Also dann …«

»Also dann«, sagt auch Jonathan und ist schlau genug, mir jetzt kein Ultimatum zu setzen. »Bis bald.«

»Ja«, antworte ich. »Bis bald«, und beim Auflegen wünsche ich mir plötzlich, dass dieses »Bald« möglichst schnell kommt.

Später im Bett warte ich darauf, dass das Herz sich noch mal meldet. Es war schließlich sein Vorschlag, endlich Klartext zu reden. Allerdings war es auch dieses Mal wieder nur ein bisschen Klartext. Also eigentlich ziemlich unklarer Text. Genau genommen habe ich überhaupt nichts gesagt, was ich nicht später wieder zurückgenommen habe.

– *Ja, du hast recht. Aber wahrscheinlich hätte ich es auch nicht besser gekonnt,* meldet es sich zu Wort.

– *Kopf hoch, Kleines. Erinnerst du dich an neulich Nacht, als wir beschlossen haben, dass wir einen Plan brauchen?*

– *Ja, wieso?*

– *Ich hätte da einen. Allerdings bräuchte ich deine Hilfe.*

Ich nehme Tagebuch und Stift aus dem Nachttisch und schalte die Lampe an.

Im ersten Schritt schreibe ich ziemlich viele Namen auf. Männernamen. Namen von Jugendlieben, Exfreunden und Affären. Von Männern, die mich jahrelang begleitet haben. Und Männern, die nur eine Nacht lang bei mir waren. Männern, die keine zwanzig Minuten entfernt von mir wohnen. Und Männern, die seit Jahren um die Welt reisen.

Und dann ist das Herz an der Reihe. Langsam und laut lese ich alle Namen vor, die auf meiner Liste stehen. Spüre in mich hinein. Und streiche entschlossen diejenigen, bei denen das Herz kalt bleibt.

Als ich fertig bin, stehen auf meiner Liste noch drei Männernamen: Max, Ilya und Clemens. Zufrieden lege ich das Tagebuch zurück in mein Nachtschränkchen. Ich werde ein bisschen Zeit brauchen. Aber danach werde ich eine Entscheidung hinlegen können, die sich gewaschen hat.

3

»Nenne du mir
aus meinem mühevollen Leben
wenigstens etwas, das nicht verschwindet
mit dem Ende unserer Tage.«

Alberto Vigevani

Langsam beginnt die Wohnung meiner Großeltern zu ahnen, dass ihre Zeit vorbei ist. Heute Morgen bin ich noch eine Weile zögerlich um ein paar Porzellanfiguren geschlichen, habe nachdenklich die Fotos auf den Nachttischen betrachtet. Irgendwann traf mich eine erlösende Welle von Pragmatismus. Ich fing an, Handtücher, Bettwäsche und Gardinen in große pinke Müllsäcke zu stopfen. Dann habe ich jahrelang gepflegte Aktenordner mit jetzt unwichtigen Dokumenten vernichtet. Nur die einundzwanzig Alben mit säuberlich eingeklebten Fotos habe ich noch einmal zur Seite gelegt.

Jetzt stehe ich in der Küche und räume die Regale aus. Das Herz ist in Plauderlaune. Vielleicht will es mich ablenken:

– *Bist du eigentlich schon aufgeregt wegen Max?*
– *Ja. Bin ich. Du etwa auch?*
– *Natürlich! Ich habe ihn schließlich mit ausgesucht. Wann ist es denn so weit?*
– *Morgen Abend schon.*

– *Oje, so bald.*
– *Ja, so bald.*

Max hatte mir noch gestern Abend eine SMS geschrieben. Eine von der üblichen anzüglichen Sorte. So anzüglich, dass ich froh war, dass das Herz schon geschlafen hatte.

Schnell hatte ich zurückgeschrieben, weniger anzüglich, dafür verbindlicher. Ob ich ihn treffen könne, ob ich mal schauen dürfe, wie er lebt, es wäre wichtig, ich hätte da so ein kleines Projekt am Laufen. Daraufhin hatte das Telefon eine ganze Weile geschwiegen, so lange, dass ich darüber eingeschlafen war. Irgendwann in der Nacht tschilpte dann eine SMS in meinen Traum, und am nächsten Morgen standen auf dem Display die Worte: »Ich habe mit Anouk gesprochen. Wenn es dir wichtig ist, dann komm. Aber erwarte nichts. Freitag um neun? Ich freu mich auf dich.«

– *Meine Güte. Wenn uns das mal nicht überfordert.*
– *Natürlich wird es das.*
– *Ja,* sagt das Herz. *Natürlich wird es das. Aber wir provozieren es ja auch.*
– *Ach, komm. Die Nummer mit Phillip haben wir doch auch gut über die Bühne gebracht.*
– *Richtig. Das war aber auch zu erwarten. Den haben wir uns damals schließlich schnell und reibungslos wie ein altes Pflaster von der Seele gezogen.*

Das stimmt. Phillip zu verlassen war keine große Kunst. Ihn wiederzutreffen auch nicht. Max zu verlassen war schon höhere Schule. Und Jonathan zu verlassen wäre dagegen ein echtes Kunststück.

– *Ach, mein Herz ... Früher ging das mit dem Verlassen auch irgendwie leichter.*

Ich muss an Ilya denken, meine Jugendliebe, von dem ich mich sehr leichtfüßig getrennt habe, nachdem mir ein australischer Surflehrer über den Weg gelaufen war. Kurz danach trennte mich von dem ein ganzer Kontinent. Ich habe schon Beziehungen beendet, weil ich Männer nicht mehr riechen, ansehen oder ficken konnte. Habe ich diesmal einfach vergessen, mich zu trennen? Oder es zu oft verschoben? Oder ist Jonathan jetzt einfach der Mann, bei dem mir die Trennungsgründe ausgehen?

Und während ich so in Gedanken bin, passiert mir genau das, was ich normalerweise bei unseren Kunden beobachte. Als ich die unterste Küchenschublade aufziehe und die dicke, gusseiserne Pfanne heraushole, falle ich in eine sekundenlange Starre. Um mich herum füllt sich die Küche mit dem Geruch nach heißem Fett. Plötzlich kann ich die Reibekuchen auf dem Herd brutzeln hören. Meine Großmutter, auch nach so vielen Jahren in Hamburg im Herzen noch immer eine Kölnerin, machte, seit ich mich erinnern kann, einmal im Monat »Rievkooche-Tag«. Dann holte sie die dicksten Kartoffeln aus dem Keller, hobelte sie auf einen riesigen Haufen, gab Unmengen Zwiebeln hinzu und presste den Zwiebel-Kartoffel-Berg durch ein Leinentuch. Sie schloss die Küchentür, öffnete das Fenster und setzte ihre Pudelmütze auf, damit sich der Fettgeruch nicht in ihren Haaren festsetzte. Und dann briet sie, stundenlang und einer Heldin gleich, die besten und knusprigsten und heißesten Reibekuchen in ganz Norddeutschland. Ich hasste und liebte die Dinger, fühlte man sich doch nach dem Verzehr, als hätte man eine halbe Flasche Öl ausgetrunken.

Meine nachkriegsgeplagte Großmutter verstand meine Probleme nicht. »Fett ist doch was Gutes«, versuchte sie mich zu überzeugen und haute noch ein Extrastückchen Butter in die heiße Pfanne. Ich nahm einen Esslöffel, fischte das halb aufgelöste Stück schnell wieder heraus und gab es ihr zurück. »Übertreib mal nicht.«

Einen Moment stand sie regungslos da, die Pudelmütze tief ins Gesicht gezogen, den Löffel mit der warmen Butter in der Hand, in ihren Augen eine Mischung aus Unsicherheit und Verzweiflung. Wohin mit der angeschmolzenen Butter? Zurück in der Pfanne wollte ich sie nicht. Zurück in der Butterschale wollte sie sie nicht. Kurz schaute sie in Richtung Mülleimer. Aber Butter wegschmeißen, das brachte ihre Generation nicht übers Herz. Und dann steckte sie sich in einem Reflex, den ich mir einzig und allein als Übersprungshandlung erklären kann, das warme, weiche Butterstück in den Mund und schluckt es herunter.

Als sich die Wohnungstür öffnet, schlägt mir eine unbekannte Welt entgegen. Eine wohltemperierte Welt in zarten Beerentönen, eine uteruswarme Welt, eine Welt, die leicht nach Grießbrei riecht. Mitten in dieser Welt steht Max. Wie hineingebeamt aus unserer gemeinsamen Zeit in diese fremde norddeutsche Altbauwohnung. Und als hätte es nur auf den unpassendsten Moment gewartet, meldet sich sofort das Herz.

– *Wir müssen ihm helfen.*

– *Wie bitte?*

– *Der gehört da doch gar nicht hin.*

– *Und jetzt?*

– *Sag was! Etwas, das Vertrauen herstellt! Er muss doch ganz verunsichert sein in dieser fremden Umgebung.*
– *Ist er nicht. Guck doch mal.*

Max lächelt selbstbewusst. Er ist groß und schlank und hat genau die richtige Menge Bart im Gesicht. Seine etwas zu langen Haare sind noch immer faszinierend hell, der Übergang zum Grau wird sich für ihn irgendwann einmal einfach und unproblematisch anfühlen. Er wird mit jedem verdammten Jahr attraktiver werden.

Max tritt einen Schritt zur Seite, macht mit dem Arm eine einladende Geste und sagt dazu nur ein einziges, fürchterliches Wort:

»Hereinspaziert!«

Wie alt sind wir geworden, dass wir gezwungen sind, solche Wörter zu benutzen?, frage ich mich, während ich in den rosafarbenen Uterus hineinpurzele. Ich kenne andere Begrüßungen von Max. Erinnere mich an Umarmungen, so feste, dass meine Rippen leise knacksten und mir für kurze Zeit der Atem wegblieb. Daran, wie ich mich umdrehte, mich leicht nach vorne beugte, um Luft zu holen, und dabei schon eine seiner riesigen Pranken auf meine Pobacke klatschte. Aber das scheint vorbei zu sein. Max schließt die Tür hinter mir und grinst mich etwas schief an. Aus dem Augenwinkel sehe ich, dass in der Küche am Ende des Flures jemand sitzt. Seltsam, wie sich Besitzansprüche verschieben. Und weil ich das nicht wahrhaben will, weil doch er es ist und ich es bin, weil es doch wir sind und alles andere lächerlich wäre, gehe ich nun auf ihn zu, schmeiße mich ihm in die kräftigen Arme, drücke mich an ihn und atme einmal tief ein. Beim Ausatmen sage ich: »Hallo«

und lasse ihn los, als ich merke, dass irgendwie nicht richtig zurückgedrückt wird.

»Schön, dass du da bist«, sagt Max laut und wirft einen schnellen Blick in Richtung Küche. Ich verstehe. Ich muss mich zusammenreißen, das hier ist anscheinend ein politisch korrektes Treffen. Schließlich sind jetzt Kinder im Spiel. Wir lösen uns voneinander, und als ich mich umdrehe, landet seine Hand auch wie selbstverständlich nicht auf meinem Po. Ich gehe über die breiten Parkettdielen in Richtung Küche und fühle Max dabei in meinem Rücken. »Das ist Anouk«, stellt er mir seine Freundin über die Schulter vor.

»Hallo, ich bin Wanda. Freut mich, dich kennenzulernen.« Anouk scheint sich nicht wirklich zu freuen, erschrocken legt sie den Zeigefinger an die Lippen, um mir zu bedeuten, dass ich leiser sprechen soll. Mit der anderen Hand deutet sie auf ein schlafendes Bündel, das sie wie eine Affenmami vor ihren Bauch geschnallt hat.

»Oh, entschuldige, schläft es?«, flüstere ich übertrieben leise und ärgere mich insgeheim.

Anouk, jetzt etwas freundlicher, nickt und fährt mit ihren Fingerspitzen sanft über den kleinen Haarkamm, der als einziger Teil des Babys aus dem Bündel herausschaut.

Max' Freundin trägt mindestens Kleidergröße zweiundvierzig und sieht aus wie etwas, in das man sich hineinlegen möchte. Sie hat eine wunderbare bronzefarbene Haut, einen perfekt geschwungenen Mund und die sanften braunen Augen einer glücklichen Biokuh. Ich sehe ihr an, dass sie jedes einzelne Kleidungsstück selbst näht, mit teuren Stoffen aus putzigen Läden in angesagten Berliner Stadtteilen. Sie, das Baby und die zwei malenden Kleinkinder auf dem Küchenfußboden tragen einen wilden Mix aus Pünktchen, Karos, Rot, Grün und Pink. An fast allen Textilien hängt irgendeine Art von Bommeln.

Die vier sehen aus wie ein wandelndes Bullerbü-Klischee. Nur vor Max haben die Bommeln haltgemacht. Aber mit seinem skandinavischen Aussehen passt er trotzdem zur Familie. Er nennt mir die Namen der zwei Jungen, die auf dem Fußboden gerade hoch konzentriert versuchen, Eisenbahnschienen auf DIN-A3-Papier zu malen. Sie flüstern ein leises Hallo. Entweder sie sind geradezu widerlich gut erzogen oder einfach froh, dass das Baby endlich einmal nicht schreit, sondern schläft. »Hallo«, sage ich zurück und denke weiter: Ich bin übrigens Wanda, die Frau, die eure Mutter geworden wäre, wenn euer Vater nicht aus Versehen diese Biokuh kennengelernt hätte.

Die Namen der Jungen vergesse ich in dem Moment, in dem ich sie höre. Ein zweites Mal danach zu fragen geht leider nicht. Eltern zu fragen »Wie heißt dein Kind noch mal?« deutet doch immer irgendwie darauf hin, dass der ausgesuchte Name entweder etwas zu gewöhnlich oder etwas zu ungewöhnlich klingt. Also taufe ich sie in Gedanken vorübergehend *Lasse* und *Bosse* und nicke erleichtert, als Max vorschlägt, mir die restliche Wohnung zu zeigen.

Auch vor der Wohnung hat Anouk nicht haltgemacht, im Wohnzimmer steht auf dem obligatorischen Fischgrätenparkett der unvermeidliche Riesenholztisch für die gemütlichen Abende mit vielen anderen bunten Freunden. Die unterschiedlich gestrichenen, aber –

ganz wichtig – abgewetzten Stühle sind lässig drum herum gruppiert und erwecken den Eindruck eines Kindergeburtstags im Sommergarten. Im weißen Expeditregal von Ikea sind die Bücher nach Farben geordnet, und an der einzelnen golden gestrichenen Wand hängen die üblichen Streetart-Künstlercollagen von Bansky und Co., aufgelockert durch ein paar gerahmte Kinderzeichnungen mit vielen weißen Flächen, fein säuberlich ausgerichtet im goldenen Schnitt. Anouk lebt das Berlin-Mitte-Leben meiner Generation. Sie ist eine Stylostreberin. Ich selbst bin nicht unanfällig für solche Späße, und doch überlege ich mir in diesem Moment krampfhaft, wo ich diese vielen Farben dezent wieder auskotzen kann.

»Sollen wir uns in die Küche setzen?«, rettet mich Max einfühlsam lächelnd aus meinem Farbrausch.

»Gerne. Gibt's da vielleicht auch Kaffee?«

»Glaub mir, Wanda. In unserer Küche gibt es *alles.*«

Anouk hat in der Zwischenzeit Karottenkuchen mit kleinen, blassen Marzipanmöhrchen vom Biobäcker nebenan serviert. Wir befinden uns in einem dieser Stadtteile, in dem es schwer ist, einen Bäcker zu finden, der nicht bio ist. Dazu passend gibt es Biotee, der mir wenigstens dabei hilft, die trockenen Bissen in meinem Mund zu verflüssigen, um sie anschließend hinunterzuwürgen.

Abgerundet wird das Ganze von einer ebenfalls biologischen und trockenen Unterhaltung. Alle reden leise, das Baby schläft noch immer. Die Kinder sind tatsächlich widerlich gut erzogen und mit Anouks Bronzehaut und Max' Schwedenhaar so niedlich, dass ich schon wieder kotzen möchte.

Anouk redet über die geänderten Öffnungszeiten der Kita. Dann über eine neue Erzieherin in der Kita. Danach über die neue Wandfarbe der Kita. Sie versorgt mich lächelnd mit Tee und Honig und Kuchen und Servietten, aber sie vermeidet jegliche Konversation über mein Hiersein.

Das Gefühl, das mir Anouk auf sehr raffinierte Weise vermittelt, dieses Gefühl, Gast zu sein in einem fremden Alltag, tut auf erschreckende Weise weh. Denn es ist doch Max, der neben mir sitzt. Max, den ich schon kannte, als Anouk noch ein Babykalb auf einer Ringelblumenweide war. Max, mit dem ich mich stundenlang über moderne Architektur unterhalten konnte. Max, der mir SMS schreibt, in denen er mich fragt, ob in meinem Höschen gerade noch Platz für zwei Finger von ihm sei. Verstohlen schaue ich in seine Richtung. Aber Max muss Anouk antworten und nicken und ist außerdem beschäftigt mit Papa-Sein.

Die Zeit zieht sich in die Länge. Lasse und Bosse flüstern weiter vor sich hin, Max zerlegt für sie Marzipanmöhrchen in mikroskopisch kleine Einzelteile, Anouk redet über die Erbsen in der Kita, und ich will schon anfangen, laut zu werden, da hat das Baby endlich Erbarmen mit mir und wacht von alleine auf.

Es schnauft ein bisschen, wackelt mit seinem winzigen Köpfchen ungelenk hin und her und gluckst dann in Anouks Ausschnitt. Die packt das Kleine aus seinem Tragetuch und legt es sich in die Armbeuge, wo es noch etwas schlaftrunken vor sich hinblinzelt und wahrscheinlich überlegt, wann es anfangen soll zu schreien.

Die Sache ist die: Als Nichteltern junge Familien zu

besuchen ist schwer. Alle reden die ganze Zeit über das Kind. Auch wenn es schläft, sitzen alle um das Baby herum und glotzen es an, als würden sie gebannt in ein Lagerfeuer schauen. Keiner schafft es, sich zu unterhalten.

Wenn es gerade mal nicht schläft, und man versucht, Kontakt aufzubauen, indem man ihm beispielsweise die nächstbeste Rassel vor die Nase hält, sprechen die Eltern in nerviger Babystimme zu einem: »Das mag unser kleiner Purzel aber üüüberhaupt nicht, das ist die bööööse Rassel, nicht wahr?« Dann nehmen sie einem die Rassel weg und greifen zum richtigen Kuscheltier, jenem, das durch irgendeinen Familieninsider zum »schööönen Kuscheltier« geworden ist.

Ich versuche es trotzdem: »Na, dann gib mal her, das Kleine«, sage ich und strecke vertrauensheischend beide Arme nach dem Bündel aus. Eine Millisekunde später gefriert die Welt. Ich hatte es geahnt. Die beiden geben ihre Tochter nicht gerne heraus. Anouk steht vor mir, das Baby an sich gepresst, und in ihren Augen sehe ich, wie die Panik versucht, sich vor mir zu verstecken. Max hört auf, Marzipanmöhrchen zu zerteilen, und sieht Anouk an. Lasse und Bosse hören auf zu flüstern und halten die Luft an.

Aber auch ich halte durch, lasse die Arme erwartungsvoll ausgestreckt und bewahre angestrengt meinen nichts ahnenden Gesichtsausdruck.

Sie muss mir das Kind geben, wenn sie von mir nicht für alle Zeiten als klammernde Übermutter gesehen werden will. Sie weiß das, ich weiß das. Die Situation ist so eindeutig, dass ich glaube, sogar das Baby weiß es und erstarrt. Aber dann gibt sich Anouk einen Ruck.

Nach einer gefühlt ewigen Sekunde bewegt sie sich, geht einen Schritt auf mich zu und legt mir das Babybündel in den Arm. Die Welt gleitet wieder in ihre natürliche Zeitschiene, und die Spannung zwischen uns lockert sich ein wenig. Das Baby strahlt mich an, und ich strahle mit der größtmöglichen Anstrengung zurück.

Jetzt bin nämlich ich dran zu beweisen, dass die Welt nicht untergeht, wenn man sein Baby in die Arme einer anderen Frau legt. Das bedeutet, ich darf auf keinen Fall zulassen, dass das Kleine auch nur das Gesicht verzieht. Ich streichle seinen Bauch, mache große Kulleraugen und dazu alle Geräusche, von denen ich hoffe, dass Babys sie lieben. Es funktioniert. Im Augenwinkel sehe ich, dass Anouk sich an meinen Max geschmiegt hat, und leise höre ich sie sagen: »Das geht ja …« Natürlich mit unverhohlenem Erstaunen in der Stimme.

Stimmt, geht doch, denke ich auch und will mich gerade entspannen und das niedliche Ding auf meinem Schoß etwas kennenlernen, da löst sich Anouk von links, kommt auf mich zu, nimmt mir das Kleine aus den Armen und sagt: »So, und jetzt wird gewickelt.«

Meine Oberschenkel, auf denen eben noch dieses kleine bisschen Mensch seine Wärme ausgestrahlt hat, werden kalt. Ich schaue Anouk hinterher, die eilig den Raum verlässt. Die restlichen Zwerge wackeln hinterher. Geschickt hat sie eine ihrer stärksten Karten ausgespielt: die Wickelkarte. Mit hochgezogenen Augenbrauen schaue ich Max an und hoffe, mit ihm ein Kopfschütteln über frischgebackene Mütter zu teilen. Aber Max scheint nicht daran interessiert, sich mit mir zu verbrüdern.

»Super, jetzt wird gewickelt!«, ruft er enthusiastisch

und schlägt sich dabei auf die Schenkel. »Willst du gucken?«

»Nein danke«, sage ich bei dem Gedanken, zu fünft vorm Wickelbrett zu stehen und wieder nur zuzuschauen, wie das Baby herumliegt.

Max zuckt mit den Schultern, mit einer Mischung aus Unverständnis und Mitleid, und läuft dann Anouk hinterher, obwohl er sich diese Wickelgeschichte bestimmt achtmal am Tag ansehen kann oder wie oft auch immer so ein Kind gewickelt wird. Er läuft Anouk hinterher, anstatt die kurze Zeit zu nutzen, mit mir alleine zu sein. Ich bin furchtbar eifersüchtig auf diese Frau. Eifersüchtig auf Anouk, eifersüchtig auf Lasse und Bosse und eifersüchtig auf dieses winzige Baby, das so viel später als ich in Max' Leben getreten ist und schon jetzt sein ganzes Herz in Beschlag genommen hat, ohne mir das kleinste Stückchen davon übrig zu lassen.

Viel später stehen wir dann doch alleine mit leeren Tassen in den Händen am Küchenfenster. Im Garten sitzt Anouk mit den Kindern im Sandkasten. Seit einer halben Stunde baut sie voller Engelsgeduld kleine Türme, die immer wieder mit Begeisterung zerstört werden.

»Was machst du hier, Wanda?«

»Jonathan hat mir einen Antrag gemacht. Er will mit mir zusammenziehen, Kinder kriegen, eine Familie aufbauen, die volle Palette.«

»Du klingst nicht begeistert. Und du hast meine Frage noch nicht beantwortet. Was machst du hier?«

»Ich versuche zu verstehen, was ich will.«

»Indem du dir anschaust, was du schon verpasst hast?«

»Vielleicht. Vielleicht bin ich auch noch nicht so weit. Oder Jonathan ist nicht der Richtige.«

»Und jetzt hast du Angst, dass ich vielleicht der Richtige gewesen sein könnte …«

»Zum Beispiel. Es könnte aber auch sein, dass es den Richtigen gar nicht gibt. Und ich die ganze Zeit auf ihn warte, während die anderen sich einfach mit weniger zufriedengeben und weitermachen, während ich noch dumm in der Gegend rumstehe. Es könnte sein, dass unter all den Nicht-wirklich-Richtigen Jonathan noch der am wenigsten Falsche ist.«

Max reagiert gewohnt männlich-pragmatisch:

»Na, dann greif doch zu.«

»Aber vielleicht ist auch alles ganz anders, und Jonathan ist tatsächlich der Falsche. Und dann wars mein Fehler.«

Er wirft den Kopf in den Nacken: »Bla, bla, bla. Du glaubst gar nicht, wie mir dieses Yuppiemädchengequatsche auf den Geist geht. Überall muss ich mir diese Scheiße anhören. Sich immer schön alles offen halten wollen. Alle Entscheidungen endlos vor sich herschieben. Bloß keine Fehler machen. Und am Ende dann doch nicht sicher sein. Aber im nächsten Zug beneidet man mich um meine tolle kleine Familie.«

»Na ja, so klein …«

»Du bist dreißig und hast es noch immer nicht geschafft, erwachsen zu werden, Wanda. Mach ein Kind. Dann lösen sich deine Probleme ganz schnell in Luft auf.«

»Ich will aber kein Kind kriegen, damit es meine Probleme löst.«

»Aber du willst doch auch nicht eine von diesen verzweifelten Vierzigjährigen werden, die in der letzten Sekunde noch einen einigermaßen akzeptablen Samenspender suchen? Wie lange willst du den Spaß denn noch rauszögern? Irgendwann ist eben Schluss mit lustig.«

Vielleicht ist das so. Vielleicht ist es nicht Max, der plötzlich in einer fremden Welt lebt. Sondern ich. Weil ich die Letzte in einer alten Welt bin, die die anderen schon lange für Neues verlassen haben. Komisch nur, dass Max noch immer SMS-Kontakt zwischen den beiden Welten hält.

Er legt den Arm um mich, und seine Stimme wird ein bisschen versöhnlicher: »Hast du nicht langsam genug auf Partys herumgetanzt? Hast du nicht langsam alle Gläser leer getrunken?«

Ich stelle mich auf die Zehenspitzen und drehe mein Gesicht zu Max.

»Ich bin aber noch durstig«, maule ich und will ihm vor lauter plötzlicher Vertrautheit in die Schulter beißen, so wie ich es früher getan habe. Aber Max nimmt schnell seinen Arm weg und tritt einen Schritt zur Seite, sodass ich ins Leere schnappe. Draußen im Sandkasten fängt Lasse oder Bosse an zu schreien.

Ich setze mich zurück an den Tisch, mit dem Rücken zu Max, starre das babyrosa funkelnde Kitchenaid im Küchenregal an und sage nichts.

Zum Abendessen spielen wir noch ein bisschen heile Welt. Anouk kocht für uns alle Spaghetti; auch das gehört zu ihrer perfekten Bullerbü-Inszenierung: Ein großer Topf Nudeln mit Soße, um den herum wir alle mit erhitzten Gesichtern sitzen. Für die Erwachsenen gibt es Rotwein, die Kleinen trinken Bionade. Noch ein Tropfen Kinderlachen, und das Wohnzimmer quillt über vor Klischees. Aber Anouk spielt diese Welt nicht, für sie ist sie real.

Ich muss wieder an Max' SMS denken; noch immer habe ich mich nicht getraut, ihn darauf anzusprechen. Aber irgendwann fängt Anouk an, die Kinder ins Bett zu bringen, und das ist der Moment, in dem ich mir Max und eine weitere Flasche Rotwein schnappe, wir uns auf die Couch fläzen und ich mich endlich trauen muss.

»Und, was macht der Job?«, fragt Max und öffnet mit der linken Hand die obersten Knöpfe seines Hemdes, während er in der rechten das Weinglas hält.

Solche erwachsenen Gesten bringen mich immer wieder zum Staunen. Um mithalten zu können, nehme ich einen großen Schluck vom Rotwein und antworte abgeklärt: »Hat sich nicht viel geändert. Ich wühle immer noch im Leben von toten Menschen herum …«

Max lacht leise. »Arme Wanda. Bezahlt man dich mittlerweile wenigstens besser für diese seltsame Arbeit?«

»Dafür, dass ich kein abgeschlossenes Studium habe, kann ich mittlerweile ganz gut davon leben … Und bei dir?«

Er zeigt lässig in Richtung des großen Holztisches, auf dem sich leer gegessene Teller und ausgetrunkene Gläser zwischen den langsam abbrennenden Kerzen stapeln. »Diese ganze Familiensache ist echt ein teurer Spaß. Aber es läuft ganz gut gerade.«

Ich nicke. Im Gegensatz zu mir hat Max das Studium verdammt ehrgeizig durchgezogen und sich dann den passenden Traumjob dazu im Architekturstudio rausgelassen. »Also alles perfekt bei dir.«

Er fährt sich mit einer schnellen Geste durchs blonde Schwedenhaar.

»Na ja, ich …«

»Aber warum dann die SMS?«

Max' Augen wandern zur offenen Tür. Seine Stimme wird leiser.

»Ich vermisse es eben manchmal. Das, was ich hatte, bevor Anouk und ich uns diese kleine bunte Welt hier aufgebaut haben.«

»Ja«, sage ich langsam und wittere das erste Mal meine Chance, ein bisschen Gemeinsamkeit zwischen uns herzustellen. »Ganz schön farbenfroh hier. Erinnert mich ein bisschen an Bullerbü.« Achzig Prozent Trockenheit, zwanzig Prozent Ironie, genau die richtige Mischung. Max springt darauf an.

»Das ist ihre Vorstellung vom perfekten Leben. Die Einrichtung, das Essen, die Freunde … Sie macht es glücklich, und mich stört es nicht.«

»Aber … du vermisst doch was?«

»Ja«, sagt er und schaut mich mit einem Grinsen an: »Ficken tun wir selten hier in Bullerbü …«

Stille. Räuspern. Die Verlegenheit setzt sich zu uns aufs Sofa und streicht sorgfältig ein paar Kissen glatt.

»Habe ich eigentlich schon erwähnt, dass der Rotwein wirklich gut ist?«

»Natürlich ist er das, meine Liebe. Du bist hier schließlich bei *Max und Anouk*. Hier gibt es keinen schlechten Rotwein.« Max grinst zwar noch immer, aber das kann nicht über die Bitterkeit in seiner Stimme hinwegtäuschen. »Streich das am besten wieder, Wanda. Ich bin gemein. Du hast recht, der Wein ist gut. Und er lässt mich ein bisschen vergessen.«

Apropros vergessen: Ich vergesse unter Alkoholeinfluss immer, dass ich einen Freund habe. Aus dem Kinderzimmer kann ich Anouks ruhige Stimme beim Geschichtenvorlesen hören, auf dem Tisch flackern die letzten Kerzen. In einer Mischung aus Gemütlichkeit und Trunkenheit dränge ich die Verlegenheit mit dem Fuß beiseite und kuschele ich mich ein bisschen in Max' Richtung. Und während ich in seiner Stimme bade, plappert plötzlich das Herz dazwischen:

– *Erinnerst du dich, der hat eigentlich mal uns gehört …*

– *Ich weiß. Willst du ihn wiederhaben?*

– *Im Moment schon.*

– *Egoistisches Biest. So einfach ist das nicht.*

– *Natürlich ist es ganz einfach. Rück doch noch ein bisschen näher an ihn ran …*

– *Bist du mein Herz, oder bist du der Teufel?*

Ich rutsche nicht näher. Aber ich lege meinen Arm wie zufällig ganz nah neben seinen auf den Sofarücken. Max redet und redet. Noch ein bisschen näher. Jetzt kann ich schon seine Wärme spüren. Jetzt schon die feinen Haare auf seinem Unterarm. Er bewegt sich nicht. Merkt der das nicht? Oder will der das nicht?

Ah, Verlegenheit, da bist du ja wieder. Sie hat sich offensichtlich von meinem Fußtritt erholt, setzt sich genau zwischen uns und starrt auf meinen Arm. Den jetzt wegzuziehen ist auch doof. Meine eben noch so lässige Haltung wird mit einem Mal verkrampft. Max hat aufgehört zu reden. Von Zufall kann keine Rede mehr sein. Und dann kommt Gott sei Dank Anouk. Max zieht den Arm weg, die Verlegenheit dreht noch eine schnelle Pirouette auf den Wohnzimmerdielen und verschwindet zur Tür hinaus.

»Komm her, du Heldin«, sagt Max und zieht sein Mädchen aufs Sofa. Sie nimmt ihm den Rotwein aus der Hand und schaut mich beim Trinken über den Glasrand hinweg etwas zu lange an. »Danke, dass du heute übernommen hast.«

Anouk nickt und gähnt. »Schon gut. Bin beim Vorlesen fast selber eingeschlafen.«

»Willst du ins Bett?«

Sie nickt noch mal. »Aber nicht allein.«

Max streicht ihr eine Haarsträhne hinters Ohr und sieht mich an: »Wenn du nichts dagegen hast …«

Nö, von mir aus geht das klar, nur das Herz wird natürlich protestieren. Zu dritt bahnen wir uns einen Weg zwischen Kuscheltieren, Baggern und Kindersocken durch den Flur. Das Herz tut sich schwer, es hinkt hinterher, stolpert mehrmals und bleibt an einem Plastikdinosaurier hängen. Aber irgendwann haben wir es geschafft.

Anouk und Max verlieren kein einziges Mal den Körperkontakt, plötzlich scheinen sie wie miteinander verklebt. Sogar als ich die beiden zum Abschied umarme, lassen sie die Hand des anderen nicht los. Ich merke schon jetzt, wie das Herz in meiner Brust tief Luft holt, um gleich all seiner Traurigkeit freien Lauf zu lassen.

»Danke fürs Essen und alles«, sage ich brav mein Sprüchlein auf.

»Schön, dass du da warst«, smalltalkt Anouk zurück.

»Ja, das war interessant, Wanda«, sagt Max. Er sagt nicht: »Das müssen wir mal wieder machen.«

Und dann macht einer von beiden die Haustür zu, bevor ich mich noch ein letztes Mal umdrehen kann.

In dem Moment, in dem ich an die frische Luft trete, explodiert wie erwartet das Herz:
– *Aua! Verdammte Scheiße. Was war das denn?*
– *Tut mir leid. Hast du dir wehgetan?*
– *Natürlich. Hättest du nicht besser aufpassen können? Ich blute!*

Zögerlich gehe ich ein paar Schritte die Straße entlang. Das Herz hört nicht auf, aufgeregt zu schlagen.
– *Und jetzt? Kann ich irgendwas für dich tun?*

Das Herz seufzt resigniert:
– *Was willst du machen? Pusten?!*

Ich ignoriere die Ironie in seiner Stimme und spüre dem seltsamen Gefühl nach, das nach meinem Besuch bei den beiden zurückbleibt.
– *Aber irgendwie war es doch komisch, oder? Irgendwas ist doch mit deren Glück nicht ganz in Ordnung. Oder bilde ich mir das ein?*

Das Herz ist erschöpft und überfordert. Es flüstert nur noch ein leises:
– *Ich weiß es nicht. Ich bin verletzt,* und zieht sich zurück.

So spät in der Nacht dauert es lange, bis die nächste S-Bahn kommt. Dreizehn Minuten, sagt die Anzeigetafel des Hamburger Verkehrsverbundes. Ich laufe eine Weile den Bahnsteig auf und ab, bis ich die Stelle gefunden habe, an der es am wenigsten zieht. Aber das Herz in meiner Brust hört trotzdem nicht auf zu zittern.

Vor der Wohnung in Othmarschen steht jetzt der Container. Die Jungs haben ihn gestern gebracht. Bevor ich ihnen das Okay zum Rausreißen der Möbel gebe, muss ich noch Schränke und Schubladen leeren, echten von

Modeschmuck unterscheiden, Vasen und Uhren und Nageletuis und Taschenmesser und Münzsammlungen und Spazierstöcke sortieren. Erinnerungen wegschmeißen, deren Wert ich nie gekannt habe. All die Mühen, und was bleibt? Eine Enkelin, die nicht weiß, wohin mit den Resten des Lebens ihrer Großeltern. Wieder einmal drohe ich in Sinnlosigkeit zu ertrinken.

Und plötzlich beneide ich Anouk. Sie hat einen Job, bei dem sie es sich nicht leisten kann zu überlegen. Sie muss ihn einfach machen. Die Kinder sind da, die Liebe zu ihnen wird offensichtlich zuverlässig mitgeliefert, jetzt werden sie versorgt, ohne dass sich Anouk weitere Optionen ansehen und grübeln muss. Ihr Leben hat einen Sinn. Und diesen Sinn hat sie mir auch freundlicherweise sehr provokant unter die Nase gerieben.

– *Heißt das, du willst auch ein Bullerbü?*

– *Ich weiß es nicht. Ich meine, von außen betrachtet, sah es schon schön aus, aber …*

– *… Aber?*

– *Irgendwie war es von allem ein bisschen zu viel. Die Kinder waren einen Tick zu süß angezogen, die Wohnung einen Hauch zu bunt eingerichtet, und …*

– *… und Anouk ein bisschen zu perfekt?*

– *Richtig. Deren Leben ist auf seine ganz eigene, verlogene Art spießig. Verstehst du, was ich meine?*

– *Du meinst, Bullerbü ist am Ende genau das, wovor wir Angst haben?*

– *Ich fürchte ja, mein Herz.*

Stille.

– *Und was machen wir jetzt?*

– *Ich weiß nicht, was du machst, aber ich brauche jetzt*

erst mal 'ne Pause, seufzt es ein wenig theatralisch und ist fürs Erste raus.

Eine gute Idee, finde ich und versuche, mich einfach mal auf nichts anderes als meinen Job zu konzentrieren. Das geht ungefähr eine halbe Stunde lang gut. Als das Telefon klingelt, bin ich gerade dabei, das Nähkästchen meiner Großmutter zu sortieren. Auf dem Display erscheinen drei mir sehr bekannte Buchstaben.

»Max?«

»Hallo, Wanda.«

»Mit dir hatte ich eigentlich nicht mehr gerechnet.«

Oder jedenfalls nur im Geheimen. Während ich weiter im Nähkästchen herumsuche, finde ich ein Nadelkissen, das ich mit ungefähr acht Jahren in der Grundschule gebastelt haben muss. Es hat zwei Perlenaugen, eine Knopfnase und soll eine Maus darstellen. Sie hat zweiundzwanzig Jahre hier gesessen und auf mich gewartet.

Max' Stimme klingt nah und ernst: »Ich habe noch mal über unser Treffen nachgedacht. Was du eigentlich von mir wolltest. Wonach du eigentlich suchst. Und über die Fragen, die du mir gestellt hast.«

»Und was ist rausgekommen?«

»Ich würde mich gerne noch mal mit dir treffen.«

Irritiert streiche ich der Nadelkissenmaus über die Knopfnase.

»Aber wofür?«

Im Telefon ist es eine ganze Weile still. Und dann sagt Max:

»Sagen wir mal so: Ich habe dir nicht die ganze Geschichte erzählt.«

Das Café, in dem wir uns treffen, habe ich vorgeschlagen. Es ist eines dieser Cafés in Altona, in denen Hamburg so tut, als würde es noch zu Dänemark gehören. Geweißelte Stühle, verschnörkelte Landhausregale, große Glasglocken, unter denen winzige bunte Kuchen liegen. Shabby Chic.

Vielleicht habe ich dieses Café ausgesucht, weil ich glaube, dass es Anouk gefallen würde und ich auf diese Art Max gefallen könnte. Aber in dem Moment, in dem er sich in seinem schlicht geschnittenen Anzug auf die pastellige Holzbank setzt und seine langen Beine unter das Cafétischchen quetscht, komme ich mir vor, als hätte ich einen Geschäftsmann in eine Puppenstube eingeladen.

Max lässt sich nichts anmerken und bestellt so souverän Kaffee und Kakao, wie man es eben in einer fliederfarbenen Puppenstube tun kann. Dann sieht er sich eine Weile wortlos um. Und weil ich eine Ahnung habe, worum es geht, aber nicht genau weiß, was Max mir sagen will, fange ich an: »Anouk ist übrigens toll, Max. Auch wenn sie mich nicht mag.«

Er nickt abwesend, es interessiert ihn nicht, was ich über seine Frau denke. Dann, endlich, sieht er mich direkt an: »Und? Hast du dich einigermaßen erholt?«

»Wovon?«

»Von unserem Treffen. Davon, dass ich dir wehtun musste.«

»Das hast du gemerkt?«

»Natürlich. Und es tut mir leid. Aber ich hatte keine andere Wahl.«

Er schaut mich unverwandt an. »Ich hatte Angst.«

»Angst? Wovor? Dass ich deine kleine bunte Welt kaputt machen könnte? Das ist nicht dein Ernst.«

Max zuckt mit den Schultern. »Du warst auf einmal so … nah. Nicht mehr nur die Frau am anderen Ende des Telefons auf der anderen Seite der Stadt. Plötzlich hast du auf meinem Sofa gesessen. In unserer Wohnung. Wanda und Anouk in einem Zimmer. Normalerweise trenne ich die Dinge gerne voneinander.«

»Normalerweise?«

Max nickt, ohne mich aus den Augen zu lassen.

»Das wollte ich dir sagen. Ich betrüge sie seit fast einem Jahr.«

– *Jetzt wird es interessant.*

– *Darauf hast du die ganze Zeit gewartet, oder was?*

– *Ich wusste, es gibt eine Lücke im System.*

Ich wirke wohl etwas abwesend oder perplex, wenn ich mit meinem Herzen rede. Jedenfalls schiebt Max hinterher:

»Es ist nicht, wie du denkst.«

Ich muss lachen. »Den Satz hast du jetzt gerade nicht wirklich gesagt, oder?«

Die Kellnerin bringt Kakao und Kaffee, auf den Untertassen liegen kleine rosafarbene Marshmallows. Das ist zwar nicht dänisch, aber bestimmt fand der zuständige Inneneinrichter, dass sie »einfach wahnsinnig gut zur Wandfarbe passen«.

Max atmet hörbar einmal ein und wieder aus. Das Ausatmen klingt wie ein Seufzen von tief innen: »Ich hätte nie damit gerechnet, einmal solche Sätze zu sagen. Und es auch noch so zu meinen. Aber ich habe auch nicht mit dem gerechnet, was mir passiert ist. Warst du schon mal in einem Swingerclub?«

Die Wachsdecke auf dem Cafétisch zwischen uns wird von kleinen, pastellfarbenen Babuschkas bevölkert; sie reihen sich aneinander, eine kleine Kugelfrau nach der anderen, mit großen schwarzen Kulleraugen.

Ich muss etwas antworten.

Max scheint allerdings keine Antwort zu erwarten:

»Ich war vor einem halben Jahr zum ersten Mal in so einem Club. Ein Versehen. Ein Zufall. Oder … vielleicht auch nicht, ich weiß es nicht.«

Diese rundlichen Babuschkas erinnern mich an Anouk. Prall und rosa und unschuldig. Betont locker ziehe ich die linke Augenbraue hoch, als ich ihm ins Gesicht schaue.

»Und?«

»Es war auf jeden Fall sehr viel anders, als ich es mir all die Jahre vorgestellt hatte. Keine nackten Hintern auf Kunstlederhockern, Leberwurstschnittchen oder Yuccapalmen.«

»Sondern?«

»Sondern Männer in edlen Anzügen. Schöne Frauen in Lederkorsagen. Champagner. Stilvolle Einrichtung.«

Er nimmt seinen Kaffeelöffel und beginnt, die Rundungen der kleinen Babuschkas damit nachzuzeichnen.

»Also nicht so schlimm, wie RTL2 immer sagt?«

Er lacht.

»Nein.«

»Und jetzt gehst du da jeden Samstagabend hin, oder was?«

Max schafft es, kurz hochzuschauen.

»Nein«, sagt er noch mal, »aber ich gehe hin, ab und zu. Und ich kann nicht aufhören.«

»Ich nehme an, du kannst Anouk nicht fragen, ob sie mal mitkommen möchte?«

Er schnaubt ironisch. »Du hast sie gesehen. Sie ist

großartig, so wie sie ist. Ich liebe sie. Aber schwarzes Leder auf weißer Haut … Das ist einfach nicht ihre Welt.«

»Warum erzählst du mir das alles?«, unterbreche ich ihn.

»Weil du es wissen wolltest.«

»Wie bitte? Ich …«

»Du kommst in mein Leben, Wanda, in unsere Wohnung, stellst all diese Fragen. Stehst offensichtlich an einem Scheidepunkt. Und dann siehst du Anouk und mich, die Kinder, diese Wohnung. Und denkst, bei mir ist alles hundertprozentig perfekt.«

»Schlag noch mal fünfzig Prozent drauf.«

»Und dann lasse ich dich so abblitzen und gebe dir auch noch schlaue Tipps. Als ob ich wüsste, wie leben geht. Ich hab gesehen, wie du dich danach gefühlt hast. Deswegen wollte ich dich noch mal treffen. Ich erzähle diese Sache normalerweise nicht, Wanda. Aber ich dachte, es könnte für deine … Berechnungen interessant sein.«

»Meine Berechnungen …?«

»Oder deine Recherchen. Keine Ahnung, wie man das nennt, was du da machst. Irgendwie versuchst du aber, deine Zukunft über ein Ausschlussverfahren oder so zu planen. Und was ich dir auf deinen Zettel schreiben will, ist, dass nicht immer alles so ist, wie es aussieht.«

Ich denke an die bunte Bullerbü-Welt, in der Max mit seiner Familie lebt. Gerne lebt. Obwohl er eigentlich nicht richtig reinpasst.

»Wenn wir noch zusammen wären, würdest du mich dann heute auch mit anderen Frauen betrügen?«

»Ich weiß es nicht. Betrügt nicht jeder jeden heutzutage?«

»Glaubst du, dass Anouk dich betrügt?«

Max lächelt gequält. »Punkt für dich. Nein, das glaube ich nicht. Aber Anouk hat auch nicht diese Seite in sich.«

»Du meinst die Seite, die dich in Swingerclubs treibt?«

»Ich glaube, sie hat gar nicht das Bedürfnis, etwas Neues zu entdecken. Anouk ist zufrieden, wenn sie Sicherheit und Geborgenheit spürt. Aber ich brauche neben all dieser Geborgenheit eben auch ab und zu mal etwas Aufregung.«

»Zwei Herzen schlagen, ach, in deiner Brust …«, sage ich sarkastisch, und Max nickt.

»Irgendwie schaffe ich es gerade, zwischen diesen Welten zu pendeln.«

»Früher oder später fliegen solche Geschichten auf.«

»Ich weiß. Das ist ja das Schlimme. Trotzdem. Ich kann nicht verzichten. Nicht auf Anouk. Und aber auch nicht auf diese andere Welt. Ich bin wie angefixt.«

»Schwarzes Leder auf weißer Haut, hm?«

Max nickt und antwortet nicht. Die pastelligen kleinen Babuschka-Anouks starren mich stumm und bewegungslos an.

Plötzlich ist das Leben ein bisschen weniger scheiße. Eigentlich sollte ich wohl Mitleid mit Anouk haben. Aber Mitleid stellt sich nicht ein, eher Erleichterung. Max' ach so buntes Bullerbü hat ein paar schwarze Löcher. Und ich will dieses Bullerbü nicht, ob mit oder ohne Löcher, und Max will ich auch nicht, ob mit oder ohne Swingerclub, das ist mir viel zu kompliziert.

Als hätte Jonathan nur darauf gewartet, mal wieder sein Gefühl fürs perfekte Timing unter Beweis zu stellen, lädt er mich zu sich nach Hause zum Essen ein. Weil er keinen besseren Moment für diese Einladung hätte finden können, sage ich gerne zu. Und meine es so und freue mich und rasiere mir sogar die Beine, bevor ich losgehe.

Jonathans Wohnungseinrichtung ist zusammengewürfelt und unüberlegt und deswegen genau richtig. Allein lebende Männer unter fünfunddreißig mit durchgestylten Wohnungen machen mir Angst. Ein großer Flachbildfernseher und ein teures Ledersofa sind okay. Das kann ich noch einordnen. Aber wenn Männer anfangen, mit Wohntextilien zu arbeiten, dazu Bildergalerien an die Wände hängen oder dicke Kerzen aufstellen, fühlt sich das nicht richtig an. Zumindest, wenn sie nicht schon einmal geschieden worden sind.

Jonathan macht es genau das richtige bisschen falsch. Er hat eine Zweizimmerwohnung (die richtige Zahl, um zu erkennen, dass in näherer Zukunft etwas anderes kommen soll) im Stadtteil St. Pauli (weit genug weg von den Nutten und kotzenden Touristen, nah genug an billigen und trotzdem guten Pizzaläden). Den Absprung aus der Studenten-WG hat er lange hinausgezögert und dann mit einunddreißig gerade noch rechtzeitig geschafft. Was er seitdem nicht geschafft hat, ist, sich ein ordentliches Bett zuzulegen. Er schläft noch immer auf einer Matratze am Boden. Auch wenn es eine teure Latexmatratze ist, eines der typischen Merkmale für einen Mann dieses Alters. Ebenso wie folgende: ein edles Rennrad an der Wand, das seit acht Monaten einen Platten hat und auch keine ernsthafte Aussicht darauf, repariert zu werden, weil Jonathan dann doch lieber mit der Bahn fährt. Im Badezimmer seit zwei Jahren noch immer keine Toilettenpapierhalterung, dafür aber seit eineinhalb Jahren wenigstens konstant vorhandenes Toilettenpapier. Das erwähnte teure Ledersofa, dafür leider kein Sofatisch, sodass man auf dem Fußboden abgestellte Weingläser regelmäßig über die Holzdielen kippt. Überhaupt kein Talent, seine Hemden zu bügeln, aber dafür eine Putzfrau, die ihm einmal in der Woche den Arsch rettet. Ein Leben in der Übergangsphase. Akzeptabel, aber verbesserungswürdig. Irgendwie ganz gemütlich, aber noch nicht so richtig ein Zuhause. Ein Leben, das mich mit großen Augen anschaut und bittet, mich seiner anzunehmen.

Natürlich habe ich einen Schlüssel, aber ich mag es zu klingeln. Jonathan auch. Wir haben nie darüber gesprochen, und trotzdem hat sich da dieses Klingelzeichenritual in unsere Beziehung geschlichen. Zweimal klingeln bedeutet: Ich bin da, mach bitte auf! Dreimal klingeln bedeutet: Ich bin da und freu mich auf dich, mach also bitte schnell auf. Gar nicht klingeln, sondern den Schlüssel benutzen, bedeutet: Ich habe schlechte Laune und schon jetzt keine Lust auf Kommunikation.

Ich klingle dreimal schnell hintereinander, und Jonathan betätigt zur Rückbestätigung dreimal hintereinander den Summer.

Als ich in die Wohnung komme, kann ich das versprochene Abendessen weder sehen noch riechen, noch kündigt es in sonstiger Form seine baldige Ankunft an.

»Was gibt es denn heute Abend Leckeres?«, frage ich und ahne es schon.

»Was immer du möchtest«, antwortet Jonathan eine Spur zu vollmundig.

»Bedeutet: Du weißt es noch nicht?!«

»Bedeutet: Ich wollte gerade einkaufen gehen. Du darfst dir also was wünschen. Wir können auch zusammen gehen, wenn du willst.«

Meine Laune verschlechtert sich schlagartig. »Das ist nicht dein Ernst.«

»Doch. Ich mach dir alles, was du willst, meine Liebste. Sogar Bananenpfannekuchen. Die müsstest du dann allerdings alleine essen.«

Nach all den Jahren bin ich mir noch immer nicht sicher, ob es Naivität, Rücksichtslosigkeit oder Spontanität ist. »Jonathan, hast du mal auf die Uhr gesehen? Es ist sieben Minuten vor acht.«

»Neun Minuten vor acht. Alles easy. Ansonsten gehen wir eben zum Lidl auf der Reeperbahn, der hat noch bis zwölf auf.«

Ich seufze. »Zusammengefasst: Du lädst mich zum Essen ein, hast aber nichts im Haus. Willst jetzt zusammen mit mir und fünfhundert Betrunkenen im Billigsupermarkt auf dem Kiez einkaufen gehen, und danach soll ich wahrscheinlich noch die Zwiebeln schneiden?«

Jonathan lächelt. »Nicht, wenn es Bananenpfannekuchen gibt, Baby.«

Ein schöner Scheidepunkt im Gespräch für verschiedenste Reaktionsmöglichkeiten. Möglichkeit A: Ich werde richtig, richtig böse, sage ihm, dass er sich auch gerne eine Pizza bestellen kann, weil das die wenigsten Umstände macht, und dass er den Rest des Abends allerdings leider alleine verbringen muss. Dann gehe ich. Möglichkeit B: Ich frage ihn seufzend, wie er es eigentlich schafft, ohne mich zu funktionieren, und schaue im Kühlschrank nach, was man aus den vorhandenen Resten noch machen kann. Möglichkeit C: Ich sage, dass Bananenpfannekuchen eine richtig süße Idee von ihm wäre und dass ich schon mal den Tisch decke, während er schnell einkaufen geht.

Ich entscheide mich für Möglichkeit B in einer leichten Variation: »Jonathan. Wie soll das funktionieren? Was wäre denn, wenn wir jetzt Kinder hätten, und ich komme nach Hause, und die Kleinen sind hungrig und müde und schreien, und du bist einfach nur unzuverlässig?«

Er zuckt mit den Schultern. »Dann kriegen sie von mir 'ne Packung Milchschnitten und lieben mich dafür.«

»Aha. Und von mir werden sie nach zwei Jahren regelmäßig zum Zahnarzt gebracht und hassen mich dafür.«

»Richtig. Genau so, wie es sich gehört in einer klassischen Familie.«

Ich schließe die Augen. Von Ernst zu Spaß und zurück auf Ernst in nur wenigen Sekunden.

»Ich will das aber nicht.«

»Hey, hey, kein Problem.« Er nimmt mich in den Arm. »Dann fahr eben ich die Kinder zum Zahnarzt, Wanda. Kein Grund zum Weinen.«

Aber ich schluchze schon in seine Schulter. »Aber ich will doch auch die Kinder nicht. Und die klassische Familie. Ich will nicht mit dickem Bauch auf Wohnungssuche gehen, und ich will nicht mit dem Kinderwagen winzige Cafés in Hamburg-Ottensen verstopfen, und ich will nicht für einen Kita-Platz kämpfen und Mathehausaufgaben kontrollieren. Ich will nicht in ein größeres Haus ziehen und auf einen besseren Job anstoßen und unsere Tochter zu Engtanzpartys fahren und das Kleid für den Abiball aussuchen und abends vorm Badezimmerspiegel meine Falten mit teuren Cremes eincremen. Verstehst du denn nicht? Das ist der Anfang vom Ende.«

»Wow.« Jonathan schiebt mich von sich weg und sieht mir in die verquollenen Augen. »Meine kleine, optimistische Freundin«, sagt er liebevoll und zieht mich dann wieder zu sich.

»Aber was ich auch nicht will, ist eine frustrierte Yogalehrerin *ohne* Kinder werden«, schluchze ich weiter.

Jonathan streichelt meinen Kopf. »Ich garantiere dir, dass du keine frustrierte Yogalehrerin wirst, meine Süße. Dafür bist du viel zu ungelenkig.«

Ich seufze und schlucke und lache und schmiere ein bisschen Rotz an Jonathans Schulter. »Aber ich sage dir auch noch was anderes. Irgendwann wirst du dich entscheiden müssen, ob du die Nummer hier mit mir durchziehen willst. Oder nicht. Oder mit jemand anderem. Du kannst nicht an der Kreuzung stehen und dich jahrelang fragen, ob du rechts oder links gehen sollst. Du wirst dich bewegen müssen. Du fährst einen ganz schönen Egotrip gerade, weißt du das eigentlich?«

Ich nicke. »Du hast gar keine Ahnung, wie recht du hast.«

»Wieso?«

»Ich habe Max getroffen.«

»Schon wieder ein Exfreund?«

Ich nicke noch mal.

»Entweder diese Stadt ist kleiner, als ich dachte, oder du hast erschreckend viele Exfreunde, Wanda«, sagt Jonathan, und seine Stimme klingt resignierter als vorher.

»Oder ich habe es darauf angelegt.«

»Hast du?« Und zu der Resignation legt sich ein kleines bisschen Traurigkeit in seine Stimme. Ich nicke noch mal und denke an Max und Anouk, an Lasse und Bosse, das Baby und an Bullerbü. An Swingerclubs und versaute SMS und an die bunten Babuschkas auf der Wachsdecke im Café.

Mein Schluchzen wird mit jedem Gedanken leiser. Irgendwie hat mir die Geschichte mit Max Druck genommen. Ich schaue zu Jonathan hoch, dann ein bisschen weiter runter, und plötzlich fällt mir sein Herz auf. Ich kann es zwar nicht hören, aber ich sehe, wie es unter seinem dünnen T-Shirt pocht. Ich lege zwei Finger auf die Stelle über dem Pochen. Jonathan schaut eine Weile an sich herunter. Nimmt meine Hand und schiebt sie seinen Oberkörper entlang bis zu der Stelle oberhalb seiner Jeans. Atmet ein und zieht gleichzeitig so ruckartig den Bauch nach innen, dass meine Hand wie von allein in seine Hose fällt.

Er sieht mich mit ernstem Blick an, alle Traurigkeit ist verschwunden. Tut so, als dächte er angestrengt nach. »Sag mal, kann es sein, dass ich schon wieder drei Wochen lang vergessen habe, dich zu ficken?«, fragt er gespielt erschrocken.

Mein Kopf brummt von der vielen Heulerei, an meinen Wimpern hängen noch ein paar Tränen. Ich nicke und versuche, meine großen Augen noch ein bisschen trauriger aussehen zu lassen. Es gelingt mir ausgezeichnet. Er greift mit beiden Händen feste meine Oberarme. »Mensch, Wanda, warum *sagste* mir denn so was nicht?!«

Ich kann mir ein winziges Lächeln nicht verkneifen: »Ich dachte, du merkst es vielleicht von allein …«

Jonathan schüttelt heftig den Kopf und murmelt Flüche und Entschuldigungen, immer abwechselnd, als könne er seinen Fehler nie wiedergutmachen. Dann geht er auf die Knie, fasst mir an die Hüften und wirft mich wie einen nassen Sack über seine Schulter. Er trägt mich ins Schlafzimmer, wirft mich aufs Bett und zieht mir alles aus, was ich anhabe. Und dann fickt er die ganze Welt wieder ins rechte Licht.

Später liege ich allein im Bett. Das Herz ist heiß und strahlt durch den ganzen Körper:

– *Ist das Leben nicht schön? Ist nicht alles ganz einfach?*, fragt es und hüpft.

– *Beruhig dich, Liebes. Du bist vollgepumpt mit Endorphinen …*

– *Ist mir egal. Ich will mehr davon. Und ich versteh nicht, warum wir es uns eigentlich so schwer machen?*

Irgendwie ist es nicht nur die Faszination an anderen, möglich gewesenen Leben. Es ist auch eine Art Spiegel, der mir vorgehalten wird und der mich an die Wanda von früher erinnert. Die Frau, die ich mit achtzehn, dreiundzwanzig oder siebenundzwanzig war.

Jonathan hat sich endlich was angezogen und brät in der Küche Spiegeleier und Toast. Ich stelle mich neben ihn, streichle nackt die Butterkuh und schaffe es sogar, darüber hinwegzusehen, dass die Eier nicht bio sind. So sehr freue ich mich darüber, endlich mal wieder hungrig vom Ficken zu sein. Jonathan freut sich auch, und dann essen wir im Stehen so gierig und schnell, dass mir die warme Butter und das flüssige Eigelb auf die Brüste tropfen.

Als ich nach Hause komme, klingt das Herz noch immer ganz beseelt.
– *Das war schön mit Jonathan, oder?*
– *Klar war es schön. Es ist oft schön mit Jonathan.*
– *Aber?*
– *Aber das wusste ich auch schon vorher. Das ändert nichts daran, dass hier noch zwei Namen auf unserem Zettel stehen.*
– *Wir machen also weiter?*
– *Schau mal,* sage ich und streiche über Ilyas Namen. *Das wäre der Nächste.*
– *Ach, Ilya,* seufzt das Herz und wendet sich schwelgerisch der Vergangenheit zu, während ich mich schon mal an den Schreibtisch setze.

Als Erstes muss ich mich sehr darüber wundern, dass es in Deutschland immer noch Menschen gibt, die man nicht innerhalb von drei Minuten mithilfe eines internetfähigen Computers aufspüren und kontaktieren kann. Ilya hat sich gut versteckt, Google kann ihn jedenfalls nicht finden. Ich überlege eine Weile, durch welche Telefonketten ich mich wählen müsste, um an seine Kontaktdaten zu kommen. Aber die Vorstellung, mich mit ehemaligen Mitschülern unterhalten zu müssen, ist nur wenig verlockend. Ich weiß schon, warum ich nie zu unseren Jahrestreffen gehe. Irgendwann finde ich eine elf Jahre alte Handynummer aus dem Verzeichnis unserer Abiturzeitung und habe tatsächlich Glück.

»Hallo, Ilya, hier ist Wanda.«

»Wanda.« Er spricht meinen Namen langsam und verwundert aus, und es hört sich schön an, wie eine gute, alte Erinnerung.

»Komisch, dass du gerade jetzt anrufst.«

»Findest du? Wann haben wir uns denn das letzte Mal gesprochen?«

»Das kann ich dir ziemlich genau sagen. Da waren wir achtzehn. Du hast aufgelegt, als ich dir von meiner neuen Freundin erzählt habe.«

»Ach, wirklich? Kann ich mich nicht dran erinnern. Warum hast du nicht noch mal angerufen?«

»Ist es etwa das, was Frauen erwarten, wenn sie mitten im Gespräch den Hörer auflegen?«

»Natürlich. Das ist die einzige Option. Ich lege ständig auf und erwarte, dass man mich zurückruft.«

»Tja, diese Info kommt viele Jahre zu spät.«

»Jetzt hast du sie.«

»Danke. Ich werde den Rest meines Lebens versuchen, mich daran zu erinnern. Sonst noch irgendwelche wichtigen Informationen, die du mir geben möchtest?«

»Ich würde dich gerne besuchen kommen.«

Stille.

»Ilya? Bist du noch dran?«

»Ja. – Darf man fragen, warum?«

»Es ist … eine Art Projekt, würde ich sagen.«

»Geschäftlich oder privat?«

»Privat. Es ist ein privates Projekt, und dafür würde ich dich gerne treffen.«

»Okay. Es gibt da nur ein kleines Problem.«

»Lass mich raten: Die neue Frau an deiner Seite findet solche *Projekte* nicht so gut?«

Am anderen Ende der Leitung höre ich ein trockenes und leicht melancholisches Lachen.

»Ich wünschte, das wäre so. Aber im Moment interessieren sie meine Projekte nicht sonderlich. Meine Freundin hat mich vor zwei Wochen rausgeschmissen.«

»Wie bitte?«

»Ich sag doch, es ist komisch, dass du gerade jetzt anrufst.«

»Und wo wohnst du jetzt?«

»Bei meiner Mutter. Das ist das kleine Problem, von dem ich sprach. Ich wohne in meinem alten Zimmer. Bis ich was Neues habe.«

»Du wohnst wieder mit deiner Mutter in dem alten Haus in Brühl, in dem wir …«

»… in dem wir vor über zehn Jahren mal sehr viel Zeit zusammen verbracht haben, Wanda. Richtig.«

In der kalten Othmarschener Wohnung warten noch immer dreiundzwanzig Fotoalben und der komplette Inhalt eines Kleiderschrankes auf mich. Es sind die beiden Dinge, die mir am schwersten fallen, aber ich muss mich heute Nachmittag darum kümmern, bevor morgen die Jungs kommen und ich nach Köln flüchte.

Damit ich nicht in die Versuchung komme, zu lange in den Erinnerungen meiner Großeltern zu blättern, setze ich mich im Schneidersitz auf den Fußboden vor dem Bücherregal und nicht in einen der großen Ohrensessel, die nur ein paar Meter entfernt stehen.

Mein Großvater hat die dicken Alben ordentlich beschriftet, in penibel gemalten altdeutschen Buchstaben. Sie tragen Etiketten von 1942 bis 2008. Da hatte ich den beiden eine digitale Kamera geschenkt, und sie haben aufgehört, Fotos zum Anfassen in Alben zu kleben.

Im ersten Album finde ich eine Menge Schwarz-Weiß-Bilder von Menschen, die ich nicht kenne. Männer und Frauen in Sonntagskleidung, schüchtern lächelnde Mädchen mit gefalteten Händen, alte Männer in Schaukelstühlen mit kleinen, puttenähnlichen Babys auf dem Schoß. Ich kann mir nicht vorstellen, dass es irgendwo auf dieser Welt noch Menschen gibt, die wissen, wer diese Leute sind. Oder die sie vermissen.

Ein paar Seiten weiter finde ich einzelne Bilder von meinem Großvater, dünn, aber lächelnd, auf denen er in russischer Gefangenschaft endlos lange Straßen baut. Die ersten Aufnahmen meiner Großmutter entdecke ich erst vier Ordner weiter. Eine schöne, leicht spöttisch dreinschauende Frau beim Spazierengehen, beim Skilaufen, beim Kölner Karneval. Es folgen Bilder von Urlauben in Italien, am Bodensee, und ihrer ersten Flugreise, nach London. Sie sind fast immer zusammen auf den Bildern; sie müssen andere Touristen gebeten haben, sie zu fotografieren, und sie sehen glücklich und stolz aus. Ich bin mir sicher, dass sie damals noch nicht ihre Worte verloren hatten.

Ab 1958 tauchen die ersten Bilder von der Wohnung auf. Meine Großmutter, die wie eine Stewardess lächelnd die Schrankwand präsentiert, vor der ich jetzt sitze. Es wird viel gefeiert, dauernd werden Sektgläser in die Kamera gehalten. Kurze Zeit später mein Vater als Baby auf einer Decke. Dann sein Bruder. So viel Leben. Und alles, was davon übrig bleibt, sind ein paar Fotoalben, die sich eine leicht melancholische Enkelin nicht wegzuschmeißen traut.

Nach mir wird es nicht mehr viele Generationen geben, die sich überlegen müssen, was sie mit den Fotoalben ihrer verstorbenen Angehörigen machen sollen. Ich selbst habe seit vier Jahren kein einziges Bild mehr entwickelt. Meine Fotos lagern in digitaler Form auf irgendwelchen Festplatten, alten Handys und sozialen Netzwerken. Wenn ich tot bin, werden meine Enkel nicht mehr tun müssen, als ein paar hundert virtuelle Ordner über einen Bildschirm zu ziehen und auf der Höhe eines kleinen Papierkorbs eine Taste loszulassen. Vielleicht wird noch nicht mal mehr das nötig sein. Wahrscheinlicher ist, dass sie sich um gar nichts mehr kümmern müssen und, wenn sie sich an mich erinnern wollen, einfach und jederzeit meine Facebook-Chronik anklicken können. Sie werden ein bisschen hoch- und runterscrollen, schauen, was ich am 24. Februar 2011 zu Mittag hatte, vielleicht drücken sie den Gefällt-mir-Button unter dem Bild, das Jonathan und mich bei unserem ersten Kretaurlaub zeigt. Wenn sie genug Zeit haben, schaffen sie es sogar bis zum Ende der Timeline, 2061, und bevor sie auf das nächste Profil klicken, hinterlassen sie ein kleines Herzchen auf meiner Pinnwand, die ich schon seit vielen Jahren nicht mehr lesen kann.

Ich knie noch immer auf dem moosgrünen Teppichboden. Meine Gelenke sind kalt und starr, mein Kopf voller fremder Erinnerungen. Es ist dunkel geworden, während genau das passiert ist, was ich verhindern wollte. Zwischendurch habe ich die Stehleuchte angeknipst, als ich die Bilder fast nicht mehr erkennen konnte; den Platz auf dem Ohrensessel habe ich mir weiterhin nicht erlaubt. Trotzdem habe ich nichts geschafft heute. Und morgen Mittag kommen die Jungs.

Als ich mich um dreiundzwanzig Uhr sechzehn aufs Sofa lege, seufzt es auf die gleiche Weise wie in den dreißig Jahren zuvor. Es seufzt in die kalte, leere Wohnung hinein, als ob es wüsste, dass ich das letzte Mal auf ihm übernachte, dass überhaupt jemand das letzte Mal auf ihm liegt.

Schon als Kind habe ich auf diesem Sofa geschlafen, und ich erinnere mich daran, wie meine Großmutter mich morgens um sieben weckte, in den Ferien oder zur Schulzeit, als Kindergartenkind oder Studentin. Sie kam um sieben Uhr ins Wohnzimmer, öffnete das Fenster, um frische Luft hereinzulassen, und fragte mich, ob ich Kakao oder Tee zum Frühstück wolle. Als ich mit siebzehn das erste Mal nach einem Kaffee fragte, schüttelte sie empört den Kopf.

»Aber doch nicht für Kinder«, antwortete sie und lächelte ihr spöttisches Lächeln. Sie schien sich von der Vergangenheit ebenso schwer verabschieden zu können wie ihre Enkelin.

Das Licht lasse ich brennen, und weil ich mich einsam fühle und Jonathan das nicht wissen lassen will, unterhalte ich mich noch ein bisschen mit dem Herz.

– *Meinst du, sie waren glücklich?*, frage ich es.

– *Am Ende eher nicht. Aber da hatten sie auch keine Wahl mehr.*

– *Keine Wahl zu haben ist gut, glaube ich manchmal.*

– *Ja. Dann muss man wenigstens nicht wie du dauernd in das Leben von anderen gucken und prüfen, ob man da selbst noch reinpassen würde.*

– *In Australien gibt es einen Vogel, der seinem Weibchen zu Brutbeginn einen Baum sucht und dann verschiedene Nester in unterschiedlichen Höhen und Größen hineinbaut. Jedes Jahr von Neuem. Und das Weibchen hüpft von Nest zu Nest, bis es das passende für sich gefunden hat. Dort brüten die beiden dann gemeinsam ihre Eier aus. Vielleicht wäre ich als australisches Vogelweibchen glücklicher geworden.*

– *Ich glaube, Jonathan könnte dir Hunderte von Nestern bauen, Mädchen. Du wärst mit keinem zufrieden.*

– *Ist das so, mein kleines hartes Herz?*

– *Das ist so. Leider. Du bist wohl eher ein Kuckucksmädchen. Fliegst von Nest zu Nest. Beobachtest, wie die anderen sich eingerichtet haben. Fragst dich, ob du noch reinpasst. Ob es dir zu eng, zu groß, zu schön oder zu verlogen ist. Ob du dir vorstellen könntest, deine Kinder dort großzuziehen. Und dann …*

Ich seufze.

– *… Und dann lasse ich doch wieder nur ein paar Federn und fliege weiter.*

Die Nacht ist lang und unheimlich. Das brennende Licht lässt mich nicht richtig schlafen, immer wieder schrecke ich auf. Atme die letzten übrig gebliebenen Moleküle, die auch meine Großeltern geatmet haben. Horche, ob die Wohnung mir noch etwas sagen will. Horche auf meine toten Großeltern im Schlafzimmer.

Immer wieder träume ich, dass ich aufwache, und sehe, wie meine Großmutter hereinkommt, wie sie an meinem Sofa steht, wie sie mir eine Tasse Tee anbietet, wie sie den Kopf schüttelt über die am Boden verstreuten Fotobücher. Meinen Großvater sehe ich kein einziges Mal.

Bevor es richtig hell wird, stehe ich auf. Die Fliesen im Badezimmer sind eiskalt. Ich bringe es nicht über mich, mir mit dem vertrockneten rosa Klumpen in der Seifenablage die Hände zu waschen. Stattdessen mache ich nur das Gesicht nass, und weil auch kein einziges Glas mehr in der Küche ist, trinke ich dabei ein bisschen Wasser aus der hohlen Hand. Danach finde ich kein Handtuch, um mich abzutrocknen.

Die Kargheit der Wohnung macht mir die nächsten Schritte einfacher. Ich kann gerade kein einziges weiteres trauriges Gefühl in mir ertragen. Ich gehe zum Kleiderschrank. Ich reiße zwanzig robuste Tüten der Hamburger Müllabfuhr einzeln an ihren Perforierungen ab und schüttle sie auf. Halte die Luft an. Suche nicht, wie geplant, stundenlang nach sorgfältig versteckten Sparstrümpfen in der Wäschekiste, veralteten Liebesbriefen unter Regalbrettern oder vergessenen Perlenohrringen in Strickjackentaschen. Greife in den Schrank, ohne zu gucken. Hole Kleider und Mäntel und Schuhe und Hosen und Wäsche und Hüte heraus und packe sie in die großen pinken Plastiktüten. Klebe sie so schnell wie möglich zu, damit ich nicht mehr hineinsehen kann. Dann wuchte ich neunzehn prall gefüllte Säcke aus der Haustür, in den Fahrstuhl, von dort ins Auto und fahre sie, ohne mit der Wimper zu zucken, in den Umsonstladen.

4

»Lieben Sie jemanden? Und wenn ja, woraus schließen Sie das?«

Max Frisch

Ich rasiere meine Beine nicht. Die Stoppeln sind nun drei Tage alt und haben genau die richtige Länge, um sich so kratzig wie möglich anzufühlen. Ich habe mir eine neue Jeans gekauft, meine Haare mit Glanzshampoo gewaschen und mir lange Puppenwimpern geschminkt. Aber ich rasiere meine Beine nicht. Hübsch ja, rasiert nein. Oben hui, unten pfui. Mein persönliches Treuerezept. Unrasierte Beine packt man nur ungern aus. Und ich sollte mich heute Abend nicht auspacken lassen, das steht fest.

Ich werde in Brühl schlafen, im alten Zimmer von Ilyas kleinem Bruder, der mittlerweile auch nicht mehr so klein, sondern im Gegenteil sogar schon verlobt ist. Von Hamburg nach Köln sind es mit dem Zug über drei Stunden; hin und zurück an einem Tag wäre zu anstrengend, das wird selbst Jonathan verstehen. Oder vielleicht sollte ich lieber sagen, er würde es verstehen, wenn ich es ihm denn erzählt hätte.

Ich erinnere mich gut an den Tag, an dem ich das erste Mal das Haus von Ilyas Eltern betrat. Ich hatte mein bisheriges Leben in Wohnungen verbracht, ein Leben in schönen, aber aufeinandergestapelten Kästen. Links und rechts, über und unter mir immer nur Kästen mit Nachbarn drin. Die Zimmer waren Kästen, die Wohnungen waren Kästen, und mit etwas Glück hatte man vorm Wohnzimmer einen Extrakasten, das war dann der Balkon.

Ilyas Elternhaus hatte eine Terrasse. Einen Garten. Treppen. Mehrere Badezimmer. Und einen schmiedeeisernen Zaun, der mit Efeu bewachsen war und einmal komplett um das kleine quadratische Grundstück herumlief. Es war kein protziges Haus – verglichen mit den Häusern in der Nachbarschaft war es sogar eher klein –, aber es hatte eine Seele.

Ich kann gar nicht sagen, ob es zuerst das Haus war oder zuerst Ilya, wahrscheinlich habe ich mich in beide zeitgleich verliebt. Und das Haus und Ilya verliebten sich zurück. Dass auch seine Eltern und sein kleiner Bruder dort lebten, störte mich wenig; oft waren wir alleine zu Hause, und falls doch mal jemand da war, verlor man sich in den vielen Zimmern schnell aus den Augen. Wir standen Ewigkeiten vor dem riesigen Bücherregal, setzten uns mit Bildbänden auf die Treppe, nur um dort herumzuknutschen, bis es dunkel wurde. Oft gingen wir dann in die Küche und kochten uns barfuß eines der wenigen Gerichte, die wir schon konnten. Oder wir lagen im Garten und rauchten Hasch, das wir auf den aufgeschlagenen Seiten unserer Biologie-Lernbücher mit Tabak vermischt hatten.

Ich liebte dieses Haus und seine irgendwie lethargische Stimmung, und als ich Ilya zwei Jahre später wegen eines Surflehrers verlassen musste, hatte ich das Gefühl, auch das Haus im Stich zu lassen. Denn Haus ohne Ilya, das ging leider nicht. Seitdem habe ich es nie wieder betreten und irgendwann vergessen.

Obwohl ich weiß, dass Ilya mich nicht vom Bahnhof abholen wird, checke ich während der dreistündigen Zugfahrt viermal mein Make-up. In letzter Zeit legt sich ein paar Stunden nach dem Schminken der hellbeige Abdeckstift in die Falten unter meinen Augen.

Ich trauere schon jetzt meinem alternden Körper hinterher. Seit meine Brüste weicher werden und das Herz spricht, jagt mir der Gedanke, dass alles ein Ende hat, noch mehr Angst ein als früher. Und für einen kurzen Moment denke ich, dass die Vergänglichkeit eine verdammt ungerechte Sache ist. Aber wenn man ehrlich ist, muss man wohl zugeben, dass es eigentlich die gerechteste Sache der Welt ist, denn die Zeit vergeht für alle gleich. Trotzdem würde ich am liebsten das Leben anhalten.

Das Erste, was ich von Ilya sehe, ist seine Mutter. Frau Wagner sieht fast genauso aus wie vor vierzehn Jahren. Sie hat ihre knabenhafte Figur gehalten – schon zu Schulzeiten war sie immer dünner als ich. Nur ihre Haare sind ein bisschen grauer, ihre Falten etwas tiefer geworden. »Wanda«, sagt sie und tritt einen Schritt zur Seite, damit ich hereinkommen kann. In ihrem Blick liegt eine Mischung aus Freude und Frustration.

Eine Weile stehe ich unsicher in dem dunklen Flur, an den sich schon damals meine Augen immer ein paar Sekunden lang gewöhnen mussten. Frau Wagner gibt mir weder die Hand, noch umarmt sie mich, sie macht etwas dazwischen: Mit beiden Händen fasst sie meine

Ellenbogen und zieht mich ein Stück weit an sich heran. Ich rieche ihr Parfüm, das ich mir morgens immer heimlich aufgetragen habe, wenn ich eine Nacht in diesem Haus verbracht habe.

»Schön, Sie zu sehen, Frau Wagner. Wie geht es Ihnen?«

»Ach.« Sie winkt ab. »Aber komm erst mal rein.«

Sie führt mich ins Wohnzimmer und bietet mir einen Platz auf einer Couch an, die ich nicht kenne. »Ilya ist noch nicht wieder da. Soll ich uns einen Tee machen? Ich habe das Wasser schon aufgesetzt.«

Ich nicke. Sie mustert mich noch einmal prüfend, als hätte sie ein schlechtes Gefühl dabei, mich unbeaufsichtigt in ihrem Wohnzimmer sitzen zu lassen. Schließlich dreht sie sich um und verschwindet in die Küche.

Das riesige Bücherregal steht noch an der gleichen Stelle wie früher. Sogar die Anordnung der Bücher kommt mir bekannt vor. Und die alte Standuhr tickt in den Raum hinein und teilt die Stille in winzige Stückchen. Und dann ist da noch dieser Geruch. Wonach eigentlich?

– *Geborgenheit,* meint mein Herz.

– *Nein. Ich finde, es riecht irgendwie süßlich. Sauber. Nach frisch gewaschenen Handtüchern.*

Frau Wagner kommt ins Zimmer und stellt ein Tablett auf den gläsernen Wohnzimmertisch. »Jasmintee«, sagt sie. »Den magst du doch, oder?«

Ich lüge und nicke wie früher. Frau Wagner serviert gerne Jasmintee. Irgendwann vor ungefähr fünfzehn Jahren habe ich mal die Gelegenheit verpasst, ihr zu sagen, dass er mir schmeckt wie warme Seife.

»Es ist sehr nett von Ihnen, dass ich hier übernachten darf.«

»Ja«, sagt sie. Nicht »Gerne« oder »Ich freue mich über deinen Besuch«. Einfach nur »Ja«, als hätte sie nur nicht ablehnen können.

»Wie geht es Ihnen denn?«, frage ich noch mal, und sie sagt wieder: »Ach« und macht diese Handbewegung. Hat sie das früher auch schon gemacht? »Er muss jetzt wieder ganz von vorne anfangen.« Sie sieht mich an, als wäre es meine Schuld, und presst die Lippen zusammen. Ihren Mund hat sie mit einem korallenroten Lippenstift angemalt. Wenn ich ganz genau hinsehe, kann ich winzige Farbmoleküle beobachten, die von den Lippen in die knittrigen Hautfurchen um ihren Mund herum kriechen. Wie der Abdeckstift unter meinen Augen.

»Das wird schon. Er ist doch ein netter Mann.«

»Sie hat ihn rausgeschmissen. Einfach so, ohne Grund.«

Ich bin mir ziemlich sicher, dass diese Frau einen guten Grund hatte. Und dass Ilya diesen Grund nicht einfach seiner Mutter auf die Nase binden wollte. Trotzdem nicke ich brav und versuche, wenigstens ein bisschen betroffen zu schauen.

»Und was machst du hier, Wanda? Willst du ihn zurück?«

– *Huch. Die kennt uns aber noch gut. Und wenn sie so fragt …*

»Ähm, also eigentlich habe ich einen Freund.«

– *Aber wir können ja mal gucken.*

»Warum bist du dann hier?«

»Ich wollte sehen, wie es Ilya geht. Was aus ihm geworden ist.«

»Was aus euch geworden wäre.«

Ich seufze. »Ja. Vielleicht.«

Vorsichtig setzt sie die geblümte Porzellantasse auf der dazu passenden Untertasse ab. Auf genau diesen zarten Tellerchen habe ich in langen Nächten unzählige Zigaretten ausgedrückt. Und ein paar Joints. Ich frage mich, ob es an Frau Wagner liegt, dass ich mich in diesem Haus plötzlich so unwohl fühle. Oder ob es das Haus ist, das sich weigert, sich so wie früher anzufühlen. Manchmal sind Orte beleidigt, wenn man sie verlässt. Habe ich schon oft bei Städten erlebt, in die ich nach Jahren zurückgekommen bin und die mir mit jedem Pflasterstein, jeder altbekannten Kneipe, jeder Straßenecke entgegenschrien: Du gehörst hier nicht mehr hin!

»Wie alt bist du jetzt, Wanda? Dreißig?«

»Ja.«

Frau Wagner lächelt abwesend. »Wahrscheinlich glaubst du auch, du hättest einen Anspruch darauf, glücklich zu sein … Als ob es nichts anderes auf der Welt gäbe …«

Ich zucke mit den Schultern und fühle mich ertappt. Seit wann ist es so verwerflich, glücklich sein zu wollen?

»Und hast du auch schon andere ehemalige Freunde besucht, meine Liebe?«

»Nicht so viele.«

Sie hebt ihre linke Augenbraue auf diese wunderbare Weise. Irgendwo in meinem Kopf hatte ich genau diese Bewegung vierzehn Jahre lang abgespeichert.

»Wie viele genau?«

»Zwei.«

»Und? Macht das die Sache für dich leichter?«

»Nein. Es mir leicht zu machen war noch nie meine Stärke.«

Stille.

»Machen Sie es sich gerne leicht, wenn es um Männer geht?«

Frau Wagner lacht auf. »Nein, natürlich nicht. Aber im Gegensatz zu dir habe ich mich irgendwann entschieden. Habe geheiratet. Ein Kind zur Welt gebracht. Und als es nicht so gut lief, habe ich einfach noch eines bekommen.«

– *Siehst du, so einfach kann es sein.*

»Aber am Ende …«

»… haben wir uns getrennt, ja. Aber ich habe es wenigstens darauf ankommen lassen.«

– *Jaaa, lassen wir es darauf ankommen!*

– *Na, du warst schon immer leicht zu motivieren, mein Herz.*

Frau Wagner schenkt sich selbst noch etwas Tee ein. Verlegen schaue ich in meine leere Tasse, dann auf die Uhr. Wahrscheinlich zertrümmern die Jungs genau in diesem Moment die dreißig Jahre alte Schlafzimmereinrichtung meiner Großeltern. Endlich klingelt es an der Tür.

»Das wird er sein. Na geh schon, mach ihm auf!« Sie schaut mich nicht an, sondern rührt sehr konzentriert in ihrem Tee. Und dann sagt sie, mehr zu ihrer Porzellantasse als zu mir: »Wer sich mit einem Mann erst mal so lange Zeit lässt, der findet natürlich immer etwas …«

Ein paar Stunden später sitze ich mit Ilya in der einzigen Kneipe in diesem Dorf. Wir trinken Tequila Sunrise, wie immer hier. Ich kann meinen Blick nicht von den anderen Gästen wenden. Sie kommen mir so bekannt vor. Sind vielleicht einfach hier sitzen geblieben.

Sie müssen in einen Schockzustand gefallen sein. Eingefroren haben sie hier auf mich gewartet, jahrelang. Jetzt tauen sie wieder auf; meine Vergangenheit ist ihre Gegenwart. Alles ist wie früher. Mit einem Unterschied. Ich gehöre hier nicht hin. Fühle mich wie ein Farbklecks in einem Schwarz-Weiß-Film. Sie reden noch immer von den gleichen Dingen. Sie schauen mich an mit dem gleichen Blick.

»Meinst du, die erkennen mich?«

»Wieso willst du das wissen?«

»Einfach so. Ob die merken, dass ich eine Zeit lang weg war?«

Ilya schaut sich um. »Ich glaub, die merken nicht mehr so viel.« Dann sieht er wieder zu mir. Braune Augen, lange Wimpern.

»Und du, merkst du, dass ich weg war?«

– *Ich weiß genau, was du vorhast, Kuckucksmädchen!*

– *Er aber nicht. Und ja, ich weiß, ich wollte mich zusammennehmen … Mach ich auch gleich wieder. Nur ganz kurz. Nur ein kleines bisschen.*

– *Du wirst schon genauso sprunghaft wie ich …*

Ilya schüttelt den Kopf und spricht in sein leeres Glas, genau wie seine Mutter in ihre Teetasse. »Fühlt sich genauso an wie früher.«

»Gut oder schlecht?«

»Weiß ich noch nicht.«

»Ich aber. Willst du noch einen Tequila Sunrise?«, frage ich mit komplizenhaftem Lächeln. Ilya nickt und schenkt mir den Hundeblick.

– *Mann, ist das einfach.*

– *Und? Macht es deswegen weniger Spaß?*

– *Nein. Ich liebe es wie am ersten Tag.*

Vier Tequila Sunrise später wanken wir nach Hause. Vorbei am Sonnenstudio, durch den kleinen Park, in dem wir uns mit siebzehn regelmäßig bewusstlos geknutscht haben. Den Thailänder, damals eine kulinarische Sensation hier, lassen wir rechts liegen, dann stehen wir vor seinem Haus. Es ist kein Licht zu sehen, Frau Wagner ist schon schlafen gegangen. Wenn man es genau nimmt, brennt in der gesamten Straße kein Licht mehr.

»Ach, Ilya, du hier in diesem Kaff, das passt irgendwie nicht.«

Er lacht und schwankt ein bisschen, während er sich eine Zigarette anzündet. »Ich nehm's mit Humor. Ist ja nur für 'ne Weile.« Er sieht mich an, zieht an seiner Zigarette und hält den Kopf leicht schräg. Die schwarzen Locken berühren den Kragen seines Hemdes. »Außerdem ist es gut hier, weil du so weit weg wohnst.«

»Was soll'n das heiß'n?«, lalle ich beleidigt.

»Sonst wärst du heute Abend wieder nach Hause gefahren, oder?«

Das Herz hüpft.

– *Da stehste drauf, ne?!*

– *Du doch auch.*

– *Ja, ja.*

Wir hocken noch zwei Zigarettenlängen auf dem Bürgersteig herum. Unterhalten uns leise und zittern ein bisschen. Dann schleichen wir uns ins Haus, schmeißen den Videorekorder an und schauen uns die alten Aufnahmen von unserer Stufenfahrt des LK Bio an. Die Flasche Rotwein, die wir uns dazu teilen, gibt mir den Rest.

Gegen vier Uhr morgens taumle ich ins Badezimmer und reiße Schubladen und Türchen auf.

– *Was machst du da?*

– *Oh, mein Herz. Du bist noch wach?*

– *Ja. Was machst du?*

– *Ich suche einen Rasierer.*

– *Wie schön. Lassen wir ihn jetzt doch ran?*

– *Vielleicht. Ich will auf jeden Fall vorbereitet sein.*

– *Du wirst immer mutiger, Kuckucksmädchen. Heute Morgen hast du noch gesagt …*

– *Ja, ja, du Klugscheißer. Da hatte ich ja auch noch keine fünf Gläser Wein getrunken. Und jetzt halt mal still.*

Ich habe einen Einwegrasierer gefunden, steige mit nackten Beinen in die Badewanne und drehe das Wasser an. Der Rasierer ist ein bisschen stumpf. Er rasiert ziemlich schlecht. Überall bleiben kleine Stoppelfelder stehen. Ich drücke fester zu und ziehe ihn über den rechten Unterschenkel. Zu feste. Winzige Hautlappen verfangen sich in der stumpfen Klinge, das Wasser verfärbt sich rosa. Aber ich bin fest entschlossen und halte das Gemetzel durch. Blut ist immer noch besser als Haare, und das Gute an der Sache ist, dass ich fast nichts spüre; der Alkohol macht mich netterweise schmerzunempfindlich. Nach fast zwanzig Minuten habe ich keine Haare mehr auf den Unterschenkeln. Dafür etliche offene Stellen. Das Badezimmer sieht aus, als hätte jemand eine Jungfrau in der Wanne geschlachtet. Alles egal jetzt. Ich stille die blutenden Wunden notdürftig mit dem schneeweißen Gästehandtuch und stolpere in Ilyas Zimmer. Dort setze ich mich direkt neben ihn aufs Bett.

– *Hach.*

– *Was ist denn jetzt schon wieder?*
– *Das Bett.*
– *Was ist damit?*
– *Hier haben wir unsere Unschuld verloren.*
– *Stimmt. Hach.*

Wenn ich betrunken bin, verstehe ich das Herz so gut.

– *Wahrscheinlich liegt sie jetzt irgendwo da, in der Bettritze im Staub.*
– *Mach kein Theater. Das ist doch ein guter Ort für unsere Unschuld. Schlimmer wär's, wenn du da noch herumliegen würdest, mein Herz.*

Ich gebe mir gar nicht erst die Mühe, nach dem Zimmer seines Bruders zu fragen. Stattdessen lasse ich mich nach hinten aufs Bett fallen. Ein paar Sekunden später fällt Ilya neben mich. Wir sehen uns eine Weile an, und ich muss fast gar nicht an Jonathan denken. Dann gehe ich in seinem Geruch nach Erde, Rauch und Rotwein baden.

Ich wache mit Kopfschmerzen auf. Ich traue mich nicht, die Augen zu öffnen. Ich weiß genau, wo ich bin. Neben mir kann ich es sanft atmen hören. Bitte, lieber Gott, lass mich wieder einschlafen und woanders aufwachen.

Den Gefallen tut Gott mir nicht. Hat er noch nie getan. Stattdessen erweckt er meinen Geruchssinn zum Leben. Kalter Rauch, der in meinen Haaren hängt. Alkohol, der aus meinen Poren dringt. Getrocknetes Sperma spannt und knistert auf meiner Haut. Zunge und Gaumen pappen pelzig aneinander. Die Unterschenkel kleben an der Bettdecke fest. Vorsichtig öffne ich meine von Wimperntusche verklebten Augen.

Über das weiße Kissen ergießen sich Ilyas schwarze Locken. Er hat noch immer die schöneren Haare. Sie sind weich und wellig und der Traum einer jeden Frau. Beim Aufsetzen fährt mir ein Schmerz in beide Hüftgelenke. Seit ungefähr zwei Jahren mögen sie die Missionarsstellung nicht mehr. Vorsichtig stehe ich auf und löse die Bettdecke von meinen blutverkrusteten Unterschenkeln. Ich habe mit meinen Rasierschnitten das ganze verdammte Bett vollgeblutet. Fast wie damals. Und ich bin mir ziemlich sicher, dass in diesem Haus noch immer nicht Ilya die Wäsche macht. Ich schaue auf seinen Hinterkopf und bin froh, dass er sich nicht umdreht. Morgendliche Nacktheit fühlt sich so anders an, als sich betrunken und ungeduldig im Halbdunkel Kleider herunterzureißen.

Ich laufe über den kurzen Flur zum Badezimmer, dieses Risiko bin ich schon immer gern eingegangen und habe auch heute Glück. Erst als ich schon eine ganze Weile unter der heißen Dusche stehe, fällt mir auf, dass meine Blutspuren von letzter Nacht verschwunden sind. Weiß und blank blitzen mir Fliesen, Wanne und Handtücher entgegen. Frau Wagner hat mich auch dieses Mal gerettet. Alles ist wie früher. Und plötzlich ist es okay. Das hier ist kein unangenehmer One-Night-Stand mit irgendeinem aufgegabelten Typen, dem ich jetzt so schnell wie möglich entwischen muss. Das hier ist Ilya. Das hier ist Brühl. Das hier ist eine Option.

Meine Option sitzt mit seiner Mutter am Frühstückstisch, als ich kurze Zeit später ins Wohnzimmer komme. Sie haben den Tisch für mich mitgedeckt, wie selbstverständlich. Am Kopfende sitzt Ilyas Mutter, mit nackten Füßen und im Morgenmantel. Sekunden später erreicht mich eine Wolke Jasminduft.

Auf meinem Teller liegt eine Kopfschmerztablette. Ich lasse sie in mein Wasser fallen und beobachte das aufgebrachte Sprudeln im Glas, während Frau Wagner irgendetwas von einem Wochenendhaus in Holland erzählt. In einem Zug getrunken, spülen die kleinen Brausebläschen den Großteil des pelzigen Gefühls von der Zunge.

Ich sehe mich um. Irgendwas ist anders. Gestern war das Wohnzimmer noch ein in sich funktionierender Organismus, in den ich einzudringen versuchte wie ein unwillkommener Fremdkörper. Gestern noch hat es mich abgestoßen. Aber über Nacht scheint sich etwas verändert zu haben. Als hätte der Wohnzimmerorganismus sich ausgedehnt, umgestülpt und mich dabei mit einem erleichterten Seufzer umschlossen. Plötzlich ist das alte Gefühl zurück. Das Haus ist nicht mehr beleidigt, es hat nur kurzzeitig etwas gefremdelt. Jetzt ist alles beim Alten. Ich bin wieder aufgenommen.

Langsam komme ich im Gespräch von Ilya und seiner Mutter an. Frau Wagner ist blass und ungeschminkt, was zwar nicht schön aussieht, aber mein Zuhausegefühl verstärkt.

»Ihr habt also bis Montag sturmfrei«, sagt sie und wirft mir einen Blick zu, in dem sich die blutigen Badezimmerkacheln von letzter Nacht spiegeln.

»Das hat mir Ilya gar nicht erzählt«, antworte ich wahrheitsgemäß und füge hinzu: »Außerdem wollte ich heute ja auch wieder abreisen.« Ich schaue zu Ilya, Ilya schaut in seinen Kaffee.

Frau Wagner zuckt mit den Schultern. »Das könnt ihr machen, wie ihr wollt. Hauptsache, ihr feiert hier keine wilden Partys.«

Ich kann es gerade kaum glauben, dass ich schon dreißig Jahre alt sein soll. Selbst Ilya stöhnt genervt auf.

»Schon gut, Mama. Wir nehmen dir dein Häuschen schon nicht auseinander.« Dann nimmt er seine Tasse und geht zum Rauchen auf die Terrasse.

Frau Wagner und ich bleiben zurück. Für einen kurzen Moment ist es ein bisschen unangenehm, aber nach einigen Sekunden genieße ich auch das. Alles, was sich gerade nach früher anfühlt, fühlt sich gut an.

»Und? Bist du jetzt schlauer?« Sie deutet mit dem Kopf die Treppe hoch, in Richtung Ilyas Zimmer. Ich grinse verlegen und starre auf die Terrakottafliesen. Hatten die damals auch schon so viele Sprünge? Oder habe ich die nur nicht gesehen?

»Ach, Wanda«, seufzt sie, als ich nicht antworte. »Eure Generation geht mir auf die Nerven. Diese ständige Suche nach dem perfekten Glück. Das kann doch nichts werden.«

Ohne den Blick zu heben, gebe ich zurück:

»Sie haben ja keine Ahnung, wie sehr wir uns selber auf die Nerven gehen.«

Sie nickt. »Weißt du, ich denke, die Tatsache, dass ihr so viele Enttäuschungen erlebt, liegt daran, dass ihr so hohe Erwartungen habt. Ich dachte schon mal, tatsächlich das perfekte Glück gefunden zu haben. Hat mich auf die Dauer ziemlich unglücklich gemacht.«

»Das tut mir leid.«

Sie schüttelt den Kopf. »Nein, das muss dir nicht leidtun. Ein bisschen Unglück braucht man im Leben.

Schau dich an. Du hast alles, kannst alles, darfst alles. Und was bist du? Unglücklich.«

Ich beiße mir auf die Lippen, zerbrösele peinlich berührt eine Toastecke und schäme mich für mein Glück oder mein Unglück, so genau weiß ich das gerade nicht. Dann stehe ich auf, um Ilya auf die Terrasse zu folgen, aber er hat die Tür hinter sich geschlossen. Es ist eine neue Tür, eine mit diesen Nach-unten-drück-und-zur-Seite-zieh-Hebeln, und ich drücke und ziehe und hebele, aber ich bekomme die Tür nicht auf. Ich schaue Frau Wagner hilfesuchend an und fühle mich plötzlich weder dreißig noch siebzehn, sondern eher vier Jahre alt.

Das erste Mal seit einer Ewigkeit sehe ich ein Lächeln in ihren Mundwinkeln. Sie steht vom Tisch auf, kommt zu mir und öffnet die Terrassentür mit einem sanften Ruck und ohne hinzuschauen.

»So, Wanda. Jetzt bist du wieder frei.«

Alles eine Frage der Perspektive, denke ich und schlüpfe an ihr vorbei in die Sonne.

»Die Sauerei im Badezimmer lasse ich dir übrigens ein letztes Mal durchgehen«, ruft sie mir hinterher, während ich ohne Schuhe durch den Garten zu Ilya laufe und dabei den Morgentau unter den Füßen spüre.

Stunden später, Frau Wagner hat sich schon lange verabschiedet, sitzen wir noch immer im Garten. Ich habe die Decke mit Plastikunterseite aus der Gartenlaube geholt, Ilya hat einen Haufen Kissen daraufgeschmissen, und zusammen liegen wir da und schauen zu, wie das Gras um uns herum in der Mittagssonne immer trockener wird.

»Das haste ja schön eingefädelt, dass wir ausgerechnet jetzt das Haus für uns haben«, sage ich ironisch und schubse ihn leicht von der Seite an. Seit gestern Nacht benehmen wir uns etwas unbeholfen, was körperliche Nähe angeht. Irgendwie zwischen Ficken und Freundschaft, irgendwo zwischen Früher und Jetzt.

»Es tut mir leid, dich darauf hinweisen zu müssen«, schäkert Ilya zurück, »aber du warst diejenige, die mich unbedingt dieses Wochenende treffen wollte.«

»Ich weiß, ich weiß. Was sagt eigentlich deine Freundin dazu?«

Ilya zuckt mit den Schultern und klingt plötzlich ein bisschen ernster:

»Lass uns nicht darüber reden.«

Ich bin verdammt noch mal die Allerletzte auf diesem Planeten, die irgendjemanden dazu bringen wird, in Beziehungsfragen Tacheles zu reden. »Kein Problem.« Ich stehe auf und schlendere zu den Himbeerbüschen. »Aber verlieb dich bloß nicht in mich.«

Schon lange wünsche ich mir eine von Psychologen oder anderen Göttern programmierte Exceltabelle, mit der sich zweifelsfrei feststellen lässt, ob und ab wann etwas den Namen Liebe verdient hat, wie groß diese Liebe genau ist und wie lange sie voraussichtlich dauert. Ich stelle mir das so vor, dass verschiedenste Parameter abgefragt werden, vielleicht einhundert Fragen beantwortet werden müssen (Können Sie Ihren Partner ertragen, wenn er morgens aufwacht? Mögen Sie die Art, wie er atmet?) und das Ergebnis am Ende im kleinen weißen Kästchen der rechten Exceltabellenecke zu finden ist: *Sie haben ein Ergebnis von hundertachtundzwanzig Punkten. Ab einer Punktzahl von hundertund-*

zehn spricht man von Liebe. Herzlichen Glückwunsch, Sie fühlen genug und können das Ergebnis ab sofort in die Welt herausschreien.

Es *muss* diese Liste irgendwo geben, sonst gäbe es nicht so viele Paare, die Tag für Tag mit größter Sicherheit und Selbstverständlichkeit von Liebe sprechen. Ich beneide diese Leute sehr um ihre Tabelle.

Als ich mich umdrehe, erwische ich Ilya dabei, wie er mir auf den Arsch schaut. Die Hände voller Himbeeren, setze ich mich im Schneidersitz zurück auf die Decke. »Es stört dich also nicht, wenn ich noch ein bisschen bleibe?«

Ilya packt meinen Arm, beugt sich nach unten und futtert die Früchte aus meiner Hand. »Es wäre mir eine Ehre, liebste Wanda. Aber verlieb dich bloß nicht in mich …«

Mit der linken Hand lasse ich mir ein paar Himbeeren in den Mund fallen. »Versprochen«, antworte ich, und wir grinsen uns an und sind nicht sicher, ob die Unsicherheit hinter unseren rot verschmierten Gesichtern noch zu erkennen ist.

Gegen Nachmittag plündern wir in guter alter Tradition das Weinregal von Ilyas Mutter und setzen uns mit einem Spätburgunder auf die breite Holztreppe, weil wir keine Lust auf noch mehr Sonne haben. »Erinnerst du dich eigentlich an unseren Pakt?«, fragt Ilya, während er auf meine zerkratzten nackten Beine starrt.

»Wir hatten einen Pakt?«

»Ja. Die Idee kam sogar von dir!«

»Hilf mir mal.«

»Wenn wir beide dreißig sind und keinen passenden

Partner gefunden haben, wollten wir uns einfach gegenseitig heiraten.«

Ich muss lachen: »Ich glaube, diesen Pakt habe ich mit mehreren Männern geschlossen, tut mir leid.«

»Schon gut. Eigentlich sind wir ja auch beide vergeben.«

Sind wir das wirklich?

Ilya packt sich meinen linken Fuß und streichelt über die verkrusteten Schnittwunden an meinen Unterschenkeln. Die Unsicherheit von heute Vormittag weicht Stück für Stück dem Rotwein.

Ich könnte jetzt einfach hierbleiben. Ich mag Ilya. Ich habe ihn mal geliebt. Das könnte ich bestimmt noch mal.

»Ich hol mal mehr Wein«, sagt Ilya und poltert die Treppe hinunter.

In Gedanken laufe ich zum kleinen Edeka an der Ecke und kaufe mir die paar Sachen, die ich brauchen würde, um noch länger hier zu wohnen. Viel wäre es nicht. Zwanzig Euro würden ausreichen, und wir könnten ein paar Tage lang einfach »früher« spielen. Es würde mich wundern, wenn das Herz sich nicht für diese Idee begeistern könnte.

In meiner Rocktasche spielt das Handy schon wieder den Klingelton von Jonathan. Zum vierten Mal heute. Gerne würde ich dieses Klingeln noch ein paar Stunden ignorieren. Aber es geht nicht. Ich habe die Grenzen ausgereizt und Angst davor, dass er nie wieder anruft.

»Hallo, Jonathan«, flüstere ich.

Er antwortet nicht, er begrüßt mich nicht, er schweigt eine Weile, und ich halte es aus. Nach einer gefühlten Ewigkeit fragt er endlich:

»Wo bist du?«

»In Köln.«

»Bei deinem Vater?«

Was für eine gute Gelegenheit für eine Lüge.

»Nein.«

Keine Reaktion.

Ich trinke einen Schluck Luft aus dem leeren Rotweinglas. Und weil er nichts anwortet und ich weiß, dass er es wahrscheinlich weiß, schiebe ich hinterher: »Ich bin bei Ilya.«

»Was machst du da?«

»Ich bin mir nicht sicher. Ich glaube, ich halte die Zeit an.«

»Aha.« Jonathan lacht verächtlich. »Du glaubst echt, mit mir könntest du alles machen.«

Vielleicht denke ich das.

»Und komm mir bitte nicht mit diesem Geschwafel von der Zeit, die du anhälst. Wahrscheinlich schläfst du sogar mit diesem Typen und redest dir ein, du würdest es aus reiner Melancholie tun. Ganz ehrlich? Ich versteh dich nicht. Es war doch alles gut, letztes Mal. Warum kannst du nicht mit deiner komischen Abschiedstournee aufhören und einfach mit mir weitermachen?«

»Ich weiß es nicht.«

Ilya kommt genau in dem Moment zurück, in dem Jonathan auflegt. Ich lasse das Handy auf den Boden gleiten, während Ilya vor mir steht und die Gläser füllt. Eine Weile trinken wir schweigend, ohne uns anzusehen. Das Haus atmet tief ein. Und dann ficken wir meine Gedanken an Jonathan einfach weg.

Schon vierundzwanzig Stunden später hilft auch Sex nicht mehr. Das liegt einer vorsichtigen Schätzung zufolge nicht nur an Jonathan, der vielleicht gerade in diesem Moment ein letztes Mal auf mich wartet. Es liegt auch am Sex selbst. Wenn wir den Alkohol weglassen und ich die Sache bei Tageslicht betrachte, ist es einfach nicht dem Alter angemessen, mit Jugendfreunden zu schlafen. Unsere Körper scheinen irgendwie noch auf dreizehn Jahre alte Abläufe programmiert zu sein. Eine Zeit, in der man froh war, wenn man die Sache überhaupt einigermaßen schmerzfrei und ohne Peinlichkeiten über die Bühne gebracht hat. Eine Zeit, in der allein der bloße Gedanke an Sex *(Oh Gott, wir schlafen miteinander, wie richtige Erwachsene!)* einen umhauen konnte. In unseren Köpfen und Betten muss so einiges passiert sein im letzten Jahrzehnt, allerdings getrennt voneinander. Vielleicht spielen unsere Körper deswegen nicht richtig mit. Ich kann nicht aufhören, den Bauch einzuziehen, und Ilya scheint sich nicht zu trauen, heute andere Stellen zu küssen als die, die ich ihm mit siebzehn Jahren erlaubt habe. Wir spielen ein Kinderspiel, das seinen Zauber verloren hat. Und als wir das erste Mal den guten alten Spielbeschleuniger Alkohol weglassen, merken wir es auch.

»Versteh mich nicht falsch, es macht Spaß, aber früher war es irgendwie aufregender«, sagt Ilya, und ich muss mich sehr beherrschen, um nicht beleidigt zu sein. Er hat recht.

»Wahrscheinlich ist es gut so.«

Ilya schaut mich fragend an.

»Ich habe dir doch am Telefon von meinem Projekt erzählt«, rede ich weiter und schlage einen wissenschaftlichen Tonfall an. »Und der Gedanke, dass sich die gleichen Dinge zu verschiedenen Zeiten unterschiedlich anfühlen, könnte zu den wichtigsten Erkenntnissen in meiner Projektreihe gehören.«

»Ich bin Teil einer ganzen Projektreihe?«, fragt Ilya irritiert nach.

»Ja«, antworte ich unsicher. »Bist du jetzt eher stolz oder eher beleidigt?«

»Ich bin froh, dass ich dir helfen konnte, würde ich sagen.« Ilya grinst. »Falls du noch mehr Freundinnen mit solchen Projekten hast, kannst du sie gerne vorbeischicken.«

»Das wäre dann aber was anderes. In meinem Projekt geht es ja darum herauszufinden, wie eine Zukunft mit dem Ex ausgesehen hätte.«

Ilya schüttelt den Kopf. »Entschuldige, Baby, aber um zu wissen, wie eine Zukunft mit mir ausgesehen hätte, hätte es etwas mehr Aufwand gebraucht, als dreimal mit mir zu schlafen.«

»Ich weiß. Meine Arbeit ist an manchen Stellen etwas laienhaft. Aber das ist leider auch eine Zeitfrage.«

»Verstehe. Und wie fühlt es sich an? Also abgesehen von wichtigen Projekterkenntnissen?«

»Wie ein Puzzleteil in der falschen Schachtel.«

»Wie ein *was?*«

»Du kannst dich doch an die Kinderpuzzles von früher erinnern. Du hast dir einen Kasten vom Stapel genommen, seinen Inhalt auf dem Fußboden ausgeschüttet und angefangen, die Teile zu sortieren.«

Ilya nickt. »Erst mal alle Teile mit einer geraden Fläche an den Rand.«

»Genau. Und alle hellblauen nach oben, denn das

wird der Himmel sein, und grün und braun nach unten, denn das ist die Wiese.«

»Wenn man Glück hat, findet man schon ein Katzenauge.«

»Ich sehe, du kennst dich aus. Auf jeden Fall fängst du an, die Teile ineinanderzufügen, du hast erste Erfolgserlebnisse, und die zusammenhängenden Flächen werden immer größer. Aber da ist dieses eine Teil, das du nun schon dreimal hin und her geschoben hast. Denn irgendwie passt der Farbton nicht so richtig, und irgendwie weißt du nicht genau, wo es hin soll. Es könnte eventuell zum Himmel gehören, denkst du, und drückst es an eine Stelle, für die du gerade nichts Passenderes findest. Aber du musst ziemlich doll drücken, damit es sich an das Nachbarstück anfügt, und jetzt siehst du, dass der Rand nicht ganz abschließt. Du nimmst es wieder weg, und du puzzelst woanders weiter und weiter, und alles findet sich, nur dieses eine einzige Teil schiebst du von links nach rechts und weißt nicht, wohin damit. Und dann drehst du es um und dir fällt auf, dass die Pappe, auf die es gepresst wurde, ein anderes Grau hat als die restlichen Rückseiten der Puzzlestücke.«

»Ups«, sagt Ilya. »Fremdes Puzzlestück im falschen Kasten.«

»Richtig. Fremdes Puzzlestück im falschen Kasten. *And guess what?* Dieses Puzzlestück bin ich.«

»Verstehe. Und wie viele Puzzlekästen hast du im Rahmen deiner Projektreihe nun schon untersucht?«

»Du bist der Dritte.«

»Okay. Wie viele hast du noch vor dir?«

Ich seufze. »Einen. Aber ich überlege, das Projekt vorzeitig zu beenden.«

»Um dich endlich in den Puzzlekasten zu begeben, in den du gehörst?«

»Das ist es ja. Ich weiß nicht, wo ich hingehöre. Aber da gibt es andere, die es offensichtlich für mich mit wissen. Nur habe ich keine Ahnung, ob ich denen glauben kann.«

Ilya zuckt mit den Schultern. »Dann schau dich doch weiter um. Was ist denn das Problem?«

»Das Problem ist, dass ich plötzlich mehr Verantwortung habe als früher. Und zwar nicht nur für mich, sondern auch für meinen Freund. Denn wenn ich es nicht ernst meine, wenn ich mir nicht sicher bin, dann sollte ich nicht länger seine Zeit vergeuden. Dann ist der Spaß langsam vorbei.«

»Und das war früher anders?«

»Klar war das früher anders. Da war doch alles nur Spiel, verstehste? Aber heute muss ich auf einmal sicherer sein als früher. Und das stresst mich.«

»Weil jetzt die Nestbauphase eintritt und du ihm noch die Chance geben willst, ein anderes Weibchen zu finden?«

»Richtig. Und weil es vielleicht einen anderen Vogel gibt, mit dem ich viel lieber über den Eiern brüten würde.«

»Mädchenprobleme«, sagt Ilya und winkt ab.

»Kuckucksmädchenprobleme«, verbessere ich ihn leise.

»Was?«

»Ach, nichts«, antworte ich und streichle ihm über den Kopf. »Ich geh dann mal meine Sachen packen.«

Ein paar Stunden später schon stehen wir am Kölner Hauptbahnhof und warten auf den Zug nach Hamburg. Meinen Eltern habe ich gar nicht erst Bescheid gesagt, dass ich da war. Und jetzt ist es zu spät.

Ich weiß nicht, was es ist, was ich an Köln so mag. Vielleicht, dass es die einzige Stadt ist, die dir nicht böse ist, wenn du weggehst, und dich mit offenen Armen empfängt, wenn du wieder kommst. Vielleicht, dass die Mädchen mit den Jeansjacken und den roten Lippen hier so wunderbar echt aussehen. Vielleicht, dass die Lieder über diese Stadt nicht so selbstverliebt sind. Sondern genau die richtige Mischung aus Melancholie und Selbstbewusstsein enthalten.

Der Kölsche Singsang, in dem die Fahrplanauskünfte aus den Lautsprechern kommen, ruft mir außerdem die Stimme meiner Großmutter ins Gedächtnis. Wenn alles nach Plan gelaufen ist, ist ihre Wohnung jetzt leer.

»Du musst nicht warten«, sage ich zu Ilya, weil ich es hasse, Abschiede damit zu versauen, dass man sich in den letzten vier Minuten nichts mehr zu sagen hat. Auch er scheint erleichtert. Wir umarmen uns nicht, Ilya drückt nur fest meine beiden Hände zwischen seine.

»Schön, dass du da warst. Auch wenn es dabei nicht wirklich um mich ging.«

»Schön, dass du trotzdem ein bisschen Spaß hattest«, antworte ich augenzwinkernd. Er nickt und lässt meine Hände los.

»Dann mach's mal gut, Wanda, du wandelndes Puzzleteil.«

»Ich versuch's.«

Und erst, als er sich schon umgedreht hat und dreieinhalb Schritte gegangen ist, fällt mir ein, dass ich ihn noch etwas fragen wollte.

»Ilya?« Er dreht sich um und lächelt, als hätte er damit gerechnet, dass ich ihn noch mal zurückrufe.

»Ich wollte nur wissen … Was machst du jetzt eigentlich?«

»Das Gleiche wie du. Hoffen, dass man mich wieder reinlässt.«

Auf der Rückfahrt sitze ich im Großraumabteil am Vierertisch. Einer der undankbarsten Plätze bei der Deutschen Bahn. Entweder man sieht sich mehreren Kleinkindern gegenüber, deren Eltern schon vor drei Wochen diesen Platz reserviert haben, damit ihre Kinder dort mit Wachsstiften auf übertrieben große DIN-A3-Papiere malen und Bananen zerdrücken können. Oder die Plätze werden von mittelmäßig attraktiven Männern in billigen Anzügen besetzt, die noch vor Verlassen des Startbahnhofs ihre Laptops aufklappen. Glück im Unglück hat man, wenn sich diese Männer einem gegenübersetzen und man den Rest der Fahrt lediglich die Rückseite eines überdimensionalen aufgeklappten Computers vor der Nase hat. Pech hat man, wenn sie sich direkt neben einen setzen und dadurch zwingen, auf den Bildschirmschoner zu starren und Zeuge zu werden, wie der mittelmäßig attraktive Mann im letzten Sommerurlaub mit seiner Verlobten vor einer Meeresfrüchteplatte posiert hat.

Heute habe ich Glück. Der Zug ist fast leer. Ich bin allein. Allerdings nicht lange.

– *So,* sagt das Herz plötzlich und unerwartet. *Das war doch ein schöner kleiner Egobooster.*

– Meine Güte, da bist du ja. Ich dachte schon, ich hätte dich verloren.

– An Ilya?

– Kleiner Scherz. Aber hätte passieren können, oder? Wäre ja nicht das erste Mal gewesen. Nein, du warst so still die letzten Tage.

– Ich würde eher meinen, du warst zu beschäftigt, um auf mich zu hören.

– Gut beobachtet, Baby. Was wolltest du mir denn sagen?

– Ich glaube, wir gehören nicht in fremde Nester.

– Wieso das denn jetzt? Wir waren doch gerade so gut dabei.

– Wenn du mich fragst, sind wir einzig und allein dabei, Jonathan zu verlieren. Und das bisschen Spaß, das wir jetzt hatten, kommt niemals gegen das an, was er uns bieten kann. Max, Ilya, Clemens – das sind keine Optionen, das ist die Vergangenheit.

– Die Vergangenheit ist auch nicht mehr das, was sie mal war …

– Weil du sie nicht loslassen kannst, Mädchen. Dauernd denkst du daran, was früher war, tastest die Gegenwart nach alten Gefühlen ab. Und dann wunderst du dich darüber, dass irgendwann der Glanz ab ist. Lass doch mal die Finger von der Vergangenheit! Und vor allem: Lass uns endlich nach Hause fahren …

– Und wo ist das, zu Hause?

– Bei Jonathan.

– Selbst wenn du recht hättest und Jonathan wirklich die einzige Option wäre: Ich kann mich einfach nicht für immer entscheiden. Und außerdem bin ich mir nicht ganz sicher, ob der uns noch reinlässt.

– Aber wir wollen doch zu ihm, wir wollen doch nach Hause?
– Ja. Ich glaube, wir wollen nach Hause.
– Gut. Dann müssen wir es versuchen.
– Ich habe Angst, mein Herz.
– Ich weiß. Aber ich bin bei dir.

5

*»Wer nicht mehr liebt und nicht mehr irrt,
der lasse sich begraben.«*

Johann Wolfgang von Goethe

Die meisten Touristen in Hamburg sehen nur die klebrigen Seiten vom Kiez. Sie kommen, wenn es Abend wird, steigen an der U-Bahn-Haltestelle St. Pauli aus, laufen in Horden über die Reeperbahn, biegen an der Davidwache links ab Richtung Hafen und gehen dann hoch bis zur berühmten Herbertstraße, in der angeblich die schönsten Nutten der Stadt hinter Schaufenstern ihre Körper zeigen. An dieser Straße müssen sich die Frauen von ihren Männern trennen, die Nutten wollen keine Frauen in der Herbertstraße.

Oft wird eine Weile diskutiert, aber irgendwann dürfen die meisten Männer durch das rote Tor verschwinden. Die Frauen laufen schnell und hektisch die Parallelstraße entlang und nehmen ihre Männer circa vier Minuten später am anderen Ende der Herbertstraße wieder in Empfang. Nur selten dauert es länger. Es werden ein paar schlechte, aber erleichterte Scherze gemacht, dann laufen sie in Richtung Hans-Albers-Platz, wo sie eine schmutzige Pizza zum Mitnehmen und eine Flasche Astra für einhundert Euro angedreht bekommen, bevor sie wieder in ihr sicheres Hotel fahren.

Was sie nicht erleben werden, ist St. Pauli bei Tag. Sie treffen nicht die übrig gebliebenen, im Rausch umherirrenden Russen auf der Suche nach Kokain, sie riechen nicht den Pissgestank, der einem in jedem Hauseingang in die Nase steigt, und wissen nichts von den riesigen Müllbergen aus leeren Flaschen, Zigarettenkippen und Pizzakartons, die sie hinterlassen haben. Was sie allerdings auch nicht wissen, ist, dass auch Frauen einen Blick in die Herbertstraße werfen können, wenn morgens die Müllmänner das große rote Tor öffnen, um mit ihrem Wagen den Dreck der letzten Nacht wegzuspülen. Sie hören nicht, wie der Hafen zum dumpfen Klang der gegeneinanderschlagenden Container zum Leben erwacht. Und sie haben keine Ahnung von den kleinen Seitenstraßen, gemütlichen Cafés und versteckten Grünflächen, in die sich die Anwohner zurückziehen, während sie versuchen, neben den Touristenhorden in St. Pauli einen ganz normalen Alltag zu führen.

In einem dieser Cafés sitze ich gerade, eine halbe Stunde zu früh, an einem schlichten braunen Holztisch, und warte auf Jonathan. Am Telefon hat er gesagt, es sei meine letzte Chance. Das Herz und ich wurden sofort ganz hibbelig und aufgeregt und wollten unsere letzte Chance am liebsten sofort nutzen, aber Jonathan meinte, er habe keine Lust mehr, für uns zu springen, wir würden uns bis zum nächsten Nachmittag gedulden müssen. Das Herz sagte brav Ja und Amen und fuhr heute Vormittag mit mir in die alte Wohnung.

Eine blasse, rot gelockte Kellnerin kommt an meinen Tisch und begrüßt mich beiläufig und freundlich, als wäre heute ein ganz normaler Tag. Aber um ihren Hals baumelt eine lange Kette mit einem winzigen Vögelchen in einem goldenen Käfig. Aus lauter Verwirrung bestelle ich einen Jasmintee. Noch siebenundzwanzig Minuten.

Die Wohnung war komplett leer. Vor dem Haus stand ein großer Container, voll mit zerschredderten Einbauschränken, die Jungs hatten ganze Arbeit geleistet. Nur der moosgrüne Teppichfußboden lag noch da. Ihn von den Dielen zu lösen war erstaunlich einfach. Ich musste nicht viel Kraft aufwenden, und trotzdem dauerte es lang. Denn meine Großeltern haben Teppich geliebt und ihn nicht nur auf den gesamten Fußboden gelegt, sondern auch Abstellkammern damit ausgekleidet und teilweise sogar die Wände hochgeklebt. Die Dielen, die darunter zum Vorschein kamen, waren so gut erhalten, dass jeder Großstädter seinen kleinen Finger dafür gegeben hätte. Ich konnte schon jetzt den Glanz in den Augen unserer Pärchenfreunde sehen: *Sooo schööööne alte Dielen, da habt ihr aber Glück gehabt, andere würden ein Vermöööögen dafür zahlen!* Geschliffene Dielenböden sind das »Eiche rustikal« meiner Generation.

Wider Erwarten fand ich kein einziges Bernsteinhaar meiner Großmutter in den Kleberesten, sondern riss mir stattdessen selbst zwei Fingernägel ab. Die Teppichrollen in den Container zu bugsieren war schwieriger, als ich mir das vorgestellt hatte. Ich schwitzte und fluchte und verlor einen weiteren Fingernagel, aber irgendwann war der Teppich im Container und die Wohnung leer. Sehr leer. Das Leben meiner Großeltern war aus ihr herausgelöscht, und nun stand sie da und wartete auf ihre neue Geschichte.

Noch zweiundzwanzig Minuten.

– *Was soll denn diese Minutenzählerei?*

– *Hallo, Herz. Du auch hier?*

– *Lenk nicht ab. Warum zählst du die Minuten?*

– *Keine Ahnung. Vielleicht weil es meine letzten in Freiheit sind?*

Ich schaue zum fünften Mal auf die Uhr. Noch einundzwanzig Minuten.

– *Du spinnst wohl. Du willst doch jetzt nicht wieder abhauen!*

– *Ich …*

– *Ich sag dir eins, Kuckucksmädchen: Wenn du jetzt gehst, brauchst du nicht wiederzukommen. Dann wollen weder Jonathan noch ich mehr irgendetwas mit dir zu tun haben.*

– *Hey, keine leeren Drohungen!*, scherze ich. *Außerdem bin ich doch noch hier. Siehst du, ich ziehe mir sogar die Jacke aus.*

– …

– *Warum sagst du nichts mehr?*

– …

– *Bitte, sag doch was!*

– …

Die rothaarige Kellnerin bringt den Tee und befiehlt mir, ihn acht Minuten ziehen zu lassen. Ich bin mir nicht sicher, ob ich noch so viel Zeit habe, Kleines.

Noch neunzehn Minuten.

Jonathan kommt normalerweise mindestens fünfzehn Minuten zu spät. In diesem Fall hätte ich noch vierunddreißig Minuten. Vierunddreißig Minuten, in denen noch alles möglich ist. In denen ich aufspringen könnte und zahlen und meine Sachen packen und zurück zu Ilya fahren. In denen ich im Zug sitzen und mir die Augen ausheulen würde und dann plötzlich merke, dass mir gerade der Mann meines Lebens ein Taschentuch gereicht hat. In denen ich im Zug ganze Kontinente bereisen und Hunderte Männer meines Lebens kennenlernen würde. Vierunddreißig Minuten, in denen ich den letzten Mann auf meiner Liste treffen könnte. Vierunddreißig Minuten, die eigentlich neunzehn Minuten sind.

Und jetzt nur noch elf.

Was, wenn Jonathan zu früh kommt? Mir wird heiß.

Vorschriftsmäßig angle ich den Teebeutel aus dem Becher. Ich trinke das widerliche Zeug in einem Zug aus. Dann lege ich die zwei Euro dreißig für den Jasmintee abgezählt auf den Tisch, falls ich zufällig gleich doch noch eine Entscheidung treffe und es dann schnell gehen muss.

Vor dem Caféfenster bellt sich auf der anderen Straßenseite ein Hund die Seele aus dem Leib. Jemand hat ihn an den kleinen Zaun gebunden. Ein paar Frauen bleiben stehen und versuchen, seinen Kopf zu streicheln. Er ignoriert sie gekonnt. Ich kenne mich wirklich schlecht aus mit Hunderassen. Eigentlich kenne ich nur Schäferhunde und Dackel.

Ich lege noch fünfzig Cent Trinkgeld für die Rothaarige auf den Münzstapel, der jetzt in einer kleinen Lache aus Jasmintee schwimmt.

Außerdem gibt es noch diese englisch klingenden Rassen wie Stafford Terrier. Keine Ahnung, wie ein Stafford Terrier aussieht.

Ich ziehe meine Jacke an, hänge die Handtasche über die Schulter und rücke den Stuhl vom Tisch, bereit, jederzeit gehen zu können. Aber ich gehe nicht. Ich habe noch acht Minuten. Acht Minuten, in denen ich auf Jonathan warten könnte. In denen er hier auftaucht und mir vergibt und mich in die Arme nimmt und sagt, dass alles gut wird jetzt. In denen wir das Café zusammen verlassen und nach Othmarschen fahren. Ich könnte ihm stolz unsere neue Wohnung zeigen, wir würden eine Flasche Sekt aufmachen und, auf dem Küchenfußboden sitzend, planen, wo wir unsere Möbel hinstellen. Acht Minuten, in denen wir zusammen alt werden.

Sieben Minuten.

Auf der anderen Straßenseite bindet ein Mann den Hund los. Der Hund hat nur Augen für ihn, kann gar nicht schnell genug mit dem Schwanz wedeln, so viel Freude ist in seinem kleinen, aufgeregten Körper. Was für einfache Tiere. Man muss sie nur kurz anbinden und weggehen, und wenn man zurückkommt, freuen sie sich die Seele aus dem Leib.

Die Kellnerin wirft mir einen irritierten Blick zu, während ich mit angezogener Jacke und geschulterter Tasche am Cafétisch sitze.

Ich kann nicht sagen, was mir den letzten Anstoß gegeben hat. Vielleicht war es dieser Blick. Oder der Hund, der draußen vor dem Fenster an seinem Herrchen hochspringt. Oder das stumme Herz in meiner Brust. Ich weiß es nicht. Alles, was ich weiß, ist, dass ich aufstehe und zur Tür rausgehe und bis ans Ende der Straße laufe. Dass ich bis dreißig zähle und mich umdrehe, bevor ich um die Ecke biege. Und dass ich Jonathan sehe, der gerade die zwei Stufen zum Café heruntersteigt und dabei schon nach der Tür greift. Dass ich mich umdrehe und weitergehe, obwohl das Herz jetzt Anlauf nimmt und gegen meine Brust rennt. Und dass ich versuche, mich nicht zu fragen, wie lange Jonathan brauchen wird, um zu verstehen, dass ich nicht im Café sitze und dass ich auch nicht mehr kommen werde.

Zwei Tage später habe ich auf der Mailbox insgesamt sieben Nachrichten. Drei Anrufe kommen von meinem Chef, der ein paar neue traurige Menschen mit verstorbenen Verwandten akquiriert hat, deren Häuser ich leer räumen soll. Zwei Anrufe kommen von meinem Vater, der mich fragt, was denn nun mit der Wohnung seiner Eltern sei, ob und wann wir dort einziehen würden, und mir berichtet, dass meine Mutter uns gerne einen ordentlichen Herd schenken würde. Zwei Anrufe kommen von Anika, die sich darüber beschwert, seit Wochen nichts mehr von mir gehört zu haben. Null Anrufe kommen von Jonathan.
– *Das wundert dich jetzt aber nicht wirklich, oder?*
– *Nein, mein Herz. Ich habe es wohl nicht anders verdient.*
– *Richtig. Offensichtlich willst du uns unbedingt unglücklich machen. Ich habe diese Unentschlossenheit satt!*
– *Aber was soll ich denn tun?*
– *Aufhören, dir aus Angst vor Fehlern das Leben zu verbieten, Mädchen.*
– *Leben hatten wir doch jede Menge in den letzten Wochen.*
– *Na toll. Fremdes Leben vielleicht. Ich will aber ein eigenes.*
– *Aber wir sind doch jetzt fast durch mit der Liste …*

– Ach, die Liste. Ich mach dir 'nen Strich durch deine verdammte Liste.
– Was soll das heißen?
– Das soll heißen, ich bin raus. So wird das nämlich nix. Du kannst einfach nicht lockerlassen.
– Das werden wir ja sehen, antworte ich dem aufgebrachten Herzen und versuche, mir meine Unsicherheit nicht anmerken zu lassen. Gespielt gelangweilt lösche ich die Nachrichten auf der Mailbox, putze meine Zähne und gehe ins Bett.

Dort liege ich, Stunde um Stunde, und verbiete mir, auch nur einen einzigen Satz an das Herz zu richten. Das Herz für seinen Teil schweigt zurück. Es sitzt nicht mehr richtig. Die halbe Nacht rutscht es in meiner Brust hin und her und strahlt seinen Schmerz durch meinen Körper.

Als ich am nächsten Morgen aufwache, lächelt mir mein analoger Wecker auf dem Nachttisch direkt ins Gesicht. Es ist zehn nach zehn, die Uhrzeit, auf die Interiordesigner Uhren stellen, wenn sie Dekorationszwecken dienen sollen: Der kleine Zeiger zeigt auf die zehn, der große Zeiger zeigt auf die zwei, und so stehen beide Zeiger in einem Winkel zueinander, der einem lächelnden Mund gleicht.

Ich lächle gekünstelt zurück, schaue zur Seite, und dabei fällt mein Blick auf die Liste. Die Männerliste. Die meisten Namen habe ich damals mithilfe des Herzens durchgestrichen. Übrig geblieben waren nur Max, Ilya und Clemens. Ich nehme einen Stift und setze einen Haken hinter die Namen von Max und Ilya. Ich starre eine Weile auf den Zettel. Das Herz in meiner Brust gibt keinen Ton von sich. Dann ziehe ich einen Kringel um Clemens.

Eigentlich ist es seltsam, dass das Herz vor ein paar Wochen nicht kalt geblieben ist, als ich seinen Namen vorgelesen habe. Ich war noch keine zwanzig, als ich ihn kennenlernte, und nur ein paar Tage älter, als unsere Wege sich wieder trennten. Aber das Herz liebt eben schicksalhafte Begegnungen.

Es war Frühling, und die Kölner Innenstadt war voller einkaufswütiger Menschen, denen die ersten Sonnenstrahlen eingeflüstert hatten, dass es nun Zeit sei, die Blümchenkleider und kurzen Hosen aus den Geschäften zu klauben. Es muss kurz nach der Geschichte mit Ilya und dem Surflehrer gewesen sein, die Abiturfeiern waren schon gelaufen, und ich war dabei, meine Koffer für Hamburg zu packen.

Ich weiß nicht mehr, was ich auf der Schildergasse zu tun hatte; vielleicht hatte auch mich die Sehnsucht nach einem Blümchenkleid gepackt. Woran ich mich erinnere, ist, dass ich mich noch ein paar Minuten vor dem Dom in die Sonne setzen wollte, bevor ich in die U-Bahn nach Hause steigen würde. Und ich erinnere mich an den Einfallswinkel der Sonne, sie stand tief, und sie blendete mich. Ich blinzelte und ich lächelte, und plötzlich stand da dieser Typ mit Rucksack im Sonnenschein und blinzelte und lachte zurück. Er lief die drei Stufen zu meiner Bank hoch, zog seine Mütze aus und sprach mit mir. Das Besondere dabei war, dass er mich nicht *ansprach,* er sagte keinen Spruch auf, stellte sich nicht mit Namen vor oder fragte nicht, ob er sich zu mir setzen dürfe. Er sprach mit mir, als würden wir uns schon seit Jahren kennen, als wären wir hier verabredet gewesen, oder vielmehr, als hätten wir uns ein paar Minuten zuvor zusammen auf diese Bank gesetzt, und er wäre nur eben kurz weg gewesen, um sich einen Kaffee zu holen.

Ich antwortete ihm mit ruhiger Stimme und einer Selbstverständlichkeit, von der ich nicht wusste, woher sie kam. Sie war einfach da. Irgendwo im Universum hatte etwas mit der Wimper gezuckt, die Zeit hatte sich um einen Millimeter verschoben, und die Erde drehte sich so, dass die Sterne plötzlich auf uns zeigten. Irgendetwas in der Welt hatte beschlossen, dass wir jetzt und hier aufeinandertreffen sollten.

Clemens wohnte in Lüneburg und kam gerade von einer Reise quer durch Europa. Er war mit wenig Geld von Hamburg nach Rom geflogen, von dort aus nach Marseille, Paris und Maastricht gereist. Köln war seine letzte Station, und eigentlich hatte er nun wirklich genug von der Welt gehabt. Er hatte nach Hause gewollt und war kurz davor gewesen, seinen halbstündigen Aufenthalt auf dem Bahnsteig abzusitzen, weil er keinen einzigen weiteren Eindruck einer neuen Stadt aufnehmen konnte.

Aber dann hatte er sich doch seinen Rucksack geschnappt und war aus dem Hauptbahnhof gelaufen, um sich wenigstens den Dom anzusehen und »einen Blick auf die kölschen Mädchen« zu werfen, wie er sagte, und das hatte ja auch beides geklappt. Da saß ich und hatte auf ihn gewartet, auf der letzten Station einer monatelangen Reise, von der er gedacht hatte, sie sei so gut wie vorbei.

Wir hockten in der Sonne und redeten, gingen runter zum Rheinufer und redeten, standen am Wasser und redeten. Dann tranken wir ein Kölsch im *Früh* und schwiegen, während wir den anderen beim Reden zusahen. Dabei verpassten wir einen Zug nach dem anderen. Aber Clemens hatte ein Interrailticket und noch ein paar freie Tage vor sich, und als es Abend war, nahm ich ihn mit nach Hause. Ich erinnere mich an den skeptischen Blick meiner Mutter, die sich am Abendbrottisch fragte, ob Clemens ein lustiger Wandergeselle oder ein blutrünstiger Mädchenmörder war. Aber ich war neunzehn und kurz davor auszuziehen, und so nahm sie es hin in dem Wissen, demnächst sowieso die Kontrolle abgeben zu müssen.

Wir schliefen nicht miteinander in dieser Nacht, wir lagen in meinem Bett und redeten. Es gab weder suchende Hände noch einen einzigen Kuss, nur unsere Unterarme, die sich an einem millimeterkleinen Punkt berührten. Ich erinnere mich noch heute, wie sich die feinen Haare an meinen Armen aufstellten und kleine brennende Funken zwischen unserer Haut hin und her sprangen. Wir redeten und gestikulierten und lachten und schliefen zwischendurch ein und wachten wieder auf und sprachen weiter, und das Einzige, worauf wir beide peinlichst genau achteten, war, dass der Abstand zwischen unseren Armen nicht einen Millimeter größer wurde. Clemens war der erste Mann in meinem Leben, den ich nicht verlassen habe. Vielleicht ist mein Herz deswegen nicht kalt geblieben, als es ihn auf der Liste entdeckt hat.

»Hallo, Papa.«

Meinen Vater anzurufen kostet Überwindung, aber ich bekomme es hin. Das ist immerhin mehr, als ich bezüglich Jonathan behaupten kann.

»Wanda, na endlich. Ich hab mir schon Sorgen gemacht.«

»Ich weiß. Ich hatte viel zu tun.«

»Kann ich mir vorstellen. Und?«

»Die gute Nachricht ist: Ich bin fertig. Die Wohnung ist leer.«

Mein Vater atmet am anderen Ende der Leitung aus und traut sich nicht, sich zu freuen. Ich kann ihn schlucken hören.

»Danke, Wanda.«

»Ich hab's gern gemacht, Papa. Hier liegen jetzt nur noch ein paar Fotoalben, von denen ich dachte, du möchtest sie vielleicht behalten …«

»Und die schlechte?«

»Die schlechte *was?!*«

»Du hast gesagt, das war die *gute* Nachricht. Was ist denn dann die schlechte?«

Die schlechte Nachricht ist, dass deine Tochter eine egoistische, unentschlossene Kuh ist, die es nicht ertragen kann, einfach mal glücklich zu sein.

Ich lehne mich an die Wand und versuche, ruhig zu atmen.

»Die schlechte Nachricht ist«, sage ich tapfer, »dass du dich jetzt eventuell nach neuen Mietern umsehen musst.«

»Wieso das denn? Gefällt Jonathan die Wohnung nicht?«

Irgendwas hinten in meiner Kehle tut mit einem Schlag verdammt weh.

»Doch. Das Ding ist nur, dass *ich* ihm vielleicht nicht mehr gefalle.«

Es fühlt sich an, als hätte ich eine Distel im Hals. Ich

schlucke ein paarmal, aber es wird nicht besser. Eher schlimmer.

»Ach du Scheiße. Was ist denn passiert, meine Kleine?«

Die Distel verschwindet genau in dem Moment, in dem die Tränen kommen. Ich will sie zurückhalten, aber es funktioniert nicht: Meine Augen sind so wässrig, dass die vielen Tränen keinen Platz mehr darin haben. Wie kleine Selbstmörder springen sie aus den überfüllten Augen und rennen rasend schnell mein Gesicht runter, bevor ihnen die nächsten folgen. Es werden immer mehr.

»Papa, ich …«

Sie sammeln sich am Unterkiefer, wo sie eine Weile warten, bis genug von ihnen angekommen sind. Dann lassen sich die Selbstmördertränen in dicken Tropfen von meinem Gesicht fallen und klatschen vor mir auf den Parkettboden.

»Ich muss auflegen«, schaffe ich gerade noch zu sagen. Plötzlich höre ich mich laut aufheulen und spüre die Knie nachgeben. Mein Rücken rutscht an der Wand entlang nach unten, das Telefon schlittert in eine Ecke. Und dann lasse ich mich neben meine Tränen aufs Parkett fallen.

Clemens wohnt noch immer in Lüneburg, sagt Facebook. Außerdem sagt Facebook, dass er selbstständig und von zu Hause aus arbeitet und dass er eine Freundin hat, die Mila heißt und blond ist und immer glücklich, glaubt man den online gestellten Fotos. Google zeigt mir Clemens' Internetseite und mithilfe von Google Maps dazu, wie sein Haus aussieht. Und während ich so vor mich hinstalke, sehe ich, wie Clemens in seiner neuesten Statusmeldung postet, dass sein Fahrrad gerade einen Platten hat.

Mit dem Metronom fährt man von Hamburg nach Lüneburg ein bisschen länger als dreißig Minuten, und wenn man dann den Bus Richtung Leuphana-Universität nimmt, steht man in insgesamt weniger als einer Stunde vor Clemens' Haus.

Es sieht genauso aus, wie Google Maps es gesagt hat. Ein kleines, weiß-braunes Fachwerkhaus mit putzigen Fenstern und windschiefem Dach. Neben dem Haus steht ein winziger Schuppen, und an dem Schuppen lehnt ein Fahrrad mit Platten. Ganz ehrlich, ich verstehe nicht, wofür ich überhaupt noch eine Realität brauche, denke ich, und will mich gerade umdrehen und nach Hause gehen, da öffnet sich die Tür. Heraus kommt eine blonde Frau, und im Gegensatz zu den von Clemens online gestellten Fotos sieht sie momentan überhaupt nicht glücklich aus. Sie trägt eine Jogginghose, ein eng anliegendes T-Shirt und einen dicken Schal, was nicht zum Wetter passt, aber sehr gemütlich sein muss. Aus der Tatsache, dass sie die Tür hinter sich abschließt, folgere ich, dass Clemens nicht zu Hause ist. Auch gut, denke ich und will mich zum zweiten Mal umdrehen und gehen. Aber in dem Moment, in dem die Frau an mir vorbeiläuft und mir einen kurzen Blick zuwirft, gibt mir das Herz einen Stoß, und dabei fallen mir zwei Worte aus dem Mund.

»Hallo, Mila«, sage ich, und die Frau dreht sich um und lächelt verunsichert. Sie kommt zurück und fragt, ob wir uns kennen.

»Nein«, antworte ich, »ich bin eine ehemalige Freundin von Clemens« und frage, ob er gerade nicht zu Hause ist. Eins-a-Vorstellung, Wanda. Die Herausforderung *Wie-schaffe-ich-es-mich-in-nur-fünf-Sekunden-hassen-zu-lassen* habe ich mit Bravour gemeistert.

Aber Mila hasst mich nicht. Sie schaut mich eine Weile an und lächelt dann irgendwie nachsichtig und sagt: »Clemens ist nicht da. Er hat einen Termin in Hamburg.«

Ach. Davon hatte Facebook gar nichts gesagt.

»Kann *ich* dir vielleicht irgendwie weiterhelfen?«, fragt mich Mila.

»Alles gut«, sage ich, schüttle den Kopf und will zum dritten Mal gehen.

Aber sie lässt sich nicht abwimmeln. »Also, als mir das letzte Mal die Wimperntusche so das Gesicht runtergelaufen ist, habe ich besser gelogen als du.«

Ich wische mir über die Wangen. Schwarze Schlieren bleiben an meinen Handinnenflächen kleben. Ich habe die ganze Zeit weitergeweint, ohne es zu merken.

Mila holt den Schlüssel aus der Jogginghose und geht zurück Richtung Haustür. »Ich mach uns ’nen Kaffee.«

Jetzt zum vierten Mal versuchen zu gehen wäre wirklich unhöflich. Also revanchiere ich mich bei meinem Herzen und gebe ihm einen Stoß, und gemeinsam stolpern wir über die Schwelle in das niedliche Fachwerkhaus von Mila und Clemens.

Die Küche, die sich mit dem Wohnzimmer über das gesamte Erdgeschoss erstreckt, ist bemerkenswert leer. Am Fenster steht ein großer Holztisch mit nur zwei mickrigen Klappstühlen aus Plastik. An der Wand eine

Spüle und ein paar Küchenschränke, aber auch mindestens zehn Kartons, deren Öffnung auf die Seite gedreht wurde, sodass sie jetzt als Regale dienen. An der Decke eine Papiertüte statt einer Lampe. Die nackten Wände werden nur von ein paar Lichterketten geschmückt. Das ganze Zimmer ist ein einziges Provisorium, wirkt aber aufgeräumt und vielleicht deswegen trotzdem gemütlich.

Mila bemerkt meinen Blick und lacht. »Wir wohnen eigentlich schon seit einem Jahr hier. Aber irgendwie kommen wir zu nichts. Und ich habe in den letzten Jahren gelernt, dass es Wichtigeres gibt als eine fertige Wohnungseinrichtung. Perfektionismus macht nicht glücklich, jedenfalls nicht mich.«

Ich muss an die Orte denken, an die mich meine Liste in den letzten Wochen geführt hat. An die von mir eingerichtete Wohnung, in der Phillip und Larissa jetzt leben. An das Bullerbü-Zuhause von Max und Anouk. Und an das alte, schattige Haus voller Bücher von Ilyas Mutter.

»Wie heißt du eigentlich?«

»Wanda.«

»Komisch.« Mila bedient die Kaffeemaschine. »Clemens hat noch nie von dir erzählt. Und normalerweise teilen wir alles.«

Das Herz pumpt eine Welle der Empörung durch meinen Körper. Dass Mila meinen Namen noch nie gehört hat, kann nur zwei Gründe haben: Entweder ich war nicht wichtig genug, um auf Clemens' Liste erwähnenswerter Exfreundinnen zu kommen, oder sie *glaubt* nur, dass er ihr alles erzählt.

»Wanda«, wiederholt sie noch einmal und schüttelt

den Kopf, wie um zu bestätigen, dass ihr mein Name einfach überhaupt nichts sagt.

»Und was ist der Grund für deine Tränen, Wanda? Ich hoffe, es hat nichts mit Clemens zu tun …«

»Nein, hat es nicht«, sage ich und dann: »Obwohl, irgendwie schon.« Mila stellt uns zwei Kaffeetassen auf den Tisch und setzt sich mir gegenüber auf den anderen Klappstuhl. »Na, was denn jetzt?«

Ich weiß nicht, was es ist, das mir Mila so vertraut macht. Vielleicht liegt es an ihrer forschen, etwas spöttischen Art. Oder an der unfertigen, provisorischen Einrichtung, die uns umgibt. Vielleicht liegt es auch daran, dass es mir einfach nicht mehr reicht, immer nur mit meinem Herzen zu sprechen. Denn plötzlich erzähle ich Mila alles. Ich erzähle ihr von Jonathan und dem Thaihuhn, von seinem Antrag, der eigentlich keiner sein sollte und der mir trotzdem solche Angst eingejagt hat. Ich erzähle von meinen Brüsten und von der Liste, die ich geschrieben habe und auf der auch Clemens stand. Ich erzähle von Phillip und Larissa und den Perlenohrringen, von Max und Lasse und Bosse und dem Swingerclub. Von Ilya und seiner Mutter und dem beleidigten Haus. Und sogar von der Wohnung meiner Großeltern und der Reibekuchenpfanne und dem nicht vorhandenen Bernsteinhaar meiner Großmutter unter dem moosgrünen Teppich. Nur vom sprechenden Herzen erzähle ich nichts, sonst hält sie mich noch für verrückt.

»Wow«, sagt Mila nur, als ich nach etwa einer halben Stunde fertig bin. Sie steht auf, geht zu einem der Umzugskistenküchenregalkartons und fängt an, darin herumzuwühlen. Sie wühlt ziemlich lange.

»Tut mir leid, wenn das ein bisschen zu persönlich war«, sage ich zu ihrem Rücken.

»Kein Problem«, antwortet sie in die Kiste hinein, ohne sich umzudrehen. »Ich geh zweimal in der Woche zur Gruppentherapie. Dagegen sind deine Probleme ein Klacks.«

Ich bin mir nicht sicher, ob ich erleichtert oder beleidigt sein soll. Sie zieht ihren Kopf aus der Kiste, dreht sich zu mir um und hält eine Tüte Gummibärchen in die Luft. »Kekse haben wir leider nicht mehr.« Sie legt die Weingummis ungeöffnet zwischen uns auf den Tisch. »Dein Problem ist, dass du dich nicht entscheiden kannst, stimmt's?«

Ich nicke, müde vom vielen Reden.

»Das Geheimnis ist«, sagt Mila und schiebt mir die Gummibärchen entgegen, »dass es am Ende egal ist.« Sie nickt mir aufmunternd zu, die Tüte zu öffnen. »Nach einem Jahr fangen sie alle an, im Bett zu furzen. Sie lassen ihre stinkenden Socken herumliegen. Ihre Witze fangen an, sich zu wiederholen. Beim Essen gucken sie lieber fern als in dein Gesicht. Sie regen sich über deine Mutter auf und führen endlose Monologe, in denen sie sich selber loben. Und nach fünf Jahren wirst du nicht mehr auf dem Küchentisch gevögelt, und du willst es auch gar nicht mehr. Gewöhn dich daran, dass ihr euch aneinander gewöhnt.«

Ich starre auf die Gummibärchen vor mir. »Wie lange seid ihr schon zusammen?«

»Sechs Jahre. Und glaub mir, ich hätte auch genug Gründe, um mich zu trennen. Aber komischerweise sind das immer die gleichen. Die Gründe ändern sich nicht beim nächsten Mann, die kommen immer wieder.

Und deswegen bin ich irgendwann einfach stehen geblieben.«

Sie schaut mich an und lacht und tut, als ginge es um das Einfachste der Welt. Dann greift sie über den Tisch und reißt die Gummibärchentüte auf. Sorgfältig holt sie ein Gummibärchen nach dem anderen heraus und sortiert sie in akkuraten Reihen auf dem Holztisch, ohne ein einziges davon zu essen. Plötzlich erinnern mich diese roten, grünen und gelben Bärchen auf dem Tisch an die dicken, bunten, unschuldigen Babuschkas auf der Tischdecke vor Max im Café.

»Manchmal beneide ich die Frauen von früher«, sagt Mila eher zu den Bärchen als zu mir. »Die Auswahl war beschränkt damals. Und die Zeit begrenzt. Spätestens mit neunzehn haben sie sich ernsthaft auf dem jährlichen Dorffest umgeschaut und den Typen genommen, der ihnen die schönsten Augen gemacht hat. Die waren naiv und durften es sein. Wenn sie dann am Ende unglücklich wurden, war es nicht wirklich ihre Schuld, sondern es lag an den Umständen. War eben kein Besserer da gewesen. Heute könnten wir theoretisch jeden Mann der Welt kennenlernen. Uns im Internet ganz genau raussuchen, was wir wollen. Wir haben Zeit, wir haben Geld, wir haben alle Chancen, die man sich vorstellen kann.«

Sie nimmt zwei grüne Gummibärchen aus der ersten Reihe und legt sie auf ihre nach oben zeigende Handfläche. »Bedeutet: Dein Leben liegt auf ’nem goldenen Tablett, Baby. Was natürlich cool ist. Was aber auch heißt: Wenn du es jetzt verpfuschst, biste selbst schuld.«

»Richtig. Und auf einmal wache ich jeden Morgen in einem Leben auf, das nicht zu mir passt.«

Sie hält mir ihre Tabletthand vor die Nase. »Magst du auch?«

Ich schüttle den Kopf. »Von so was bekomme ich Kopfschmerzen.«

»Du Glückliche. Ich hatte mir die Dinger eigentlich mal abgewöhnt. Aber irgendwie können sie wohl nicht ohne mich. Jetzt ess ich nur noch die grünen.«

»Und was soll ich jetzt machen?«

Mila zuckt fast gleichgültig mit den Schultern. »Hab ich doch eben schon gesagt. Eigentlich ist es egal. Am Ende sterben wir alle.« Sie schiebt sich die grünen Bärchen in den Mund. »Wir müssen einfach nur die Angst ablegen, es falsch zu machen. Diese Angst vor falschen Entscheidungen. In hundert Jahren kräht kein Hahn mehr nach uns und unseren Entscheidungen.«

Sie schaut mich kurz an und lacht über mein verdutztes Gesicht

»Wichtig ist nur, dass es *jetzt* weitergeht. Die Zeit bleibt nämlich leider nicht stehen, nur weil du dich nicht entscheiden kannst. Und wenn du Pech hast, verpasst du den Rest deines Lebens. Du musst bloß die Angst vor der falschen Entscheidung verlieren. Quäl dich nicht so lange. Hör einfach auf dein Herz, und alles wird gut.«

Ich soll auf mein Herz hören? Wo hat sie denn das jetzt her?

»Bist du 'ne Therapeutin oder so?«

»Nee.« Mila klaubt die restlichen grünen Gummibärchen aus den Reihen und steckt sie sich nach und nach in den Mund. »Wenn ich das wäre, hätte ich dir das alles nicht gesagt, sondern gewartet, bis du es selbst rausfindest. Hab nur ein paar Erfahrungen gesammelt die letzten Jahre.«

Wie schon vermutet, klopft in dem Moment mein Herz an:

– *Also, ich finde, sie hat recht.*

– *Das kann ich mir denken.*

– *Aber es stimmt doch. Irgendwann müssen wir auch mal Ja sagen zu einem Plan, Kuckucksmädchen. Sonst ist das Leben vorbei, und wir haben uns für nichts entschieden.*

»Wenn du noch 'ne Stunde wartest«, unterbricht Mila mein kleines Zwiegespräch, während sie auf die Armbanduhr schaut, »müsste Clemens wieder hier sein.«

Clemens. Den hatte ich für einen Moment ganz vergessen.

– *Macht nichts. Er dich anscheinend auch.*

– *Na, haste dich entschieden, wieder wehzutun, mein Herz?!*

– *Verzeihung, aber das ist nun mal gerade mein Job.*

– *Schon gut. Und du hast übrigens recht. Wahrscheinlich hat Clemens mich wirklich vergessen.*

Vielleicht war unsere Begegnung für ihn gar nicht schicksalhaft. Vielleicht war ich nur ein Mädchen von vielen auf einer Jahre zurückliegenden Europareise. Ein Mädchen, dem er irgendwann aus Langeweile eine Freundschaftsanfrage über Facebook geschickt hat, mehr nicht. Wenn ich darüber nachdenke, war da schließlich nichts zwischen uns, kein Kuss, kein Versprechen, kein Wiedersehen. Vielleicht war es wirklich nicht mehr als zwei Arme, die sich zufällig berührten. Vielleicht hat er die Funken dazwischen gar nicht mal bemerkt. Vielleicht habe ich mir alles nur eingebildet. Vielleicht sollte ich langsam damit aufhören, mich und alle um mich herum zu quälen.

Und vielleicht sollte ich bei Mila damit anfangen.

»Danke. Aber ich glaube, ich fahre jetzt nach Hause.«

»Okay, wie du magst.«

Falls sie erleichtert ist, lässt sie es sich jedenfalls nicht anmerken.

Ich stehe auf, ich bin müde, meine Knochen tun weh, mein Gesicht spannt, aber irgendwie fühle ich mich trotzdem besser.

»Du hast mir sehr geholfen, danke schön.«

»Ich weiß«, lächelt sie, reicht mir eine Packung Taschentücher für die Fahrt und zwinkert dabei unauffällig meinem Herzen zu.

»Was machst du eigentlich mit den restlichen Gummibärchen, wenn du immer nur die grünen isst?«, frage ich sie auf dem Weg nach draußen.

»Die bekommt Clemens. Er mag praktischerweise die grünen nicht. Ergänzt sich ganz gut. Hab ich doch gesagt. Wir teilen fast alles.«

Auf der Rückfahrt von Lüneburg nach Hamburg fährt auf halber Strecke der Metronom aus der entgegengesetzten Richtung an mir vorbei. In diesem Zug muss Clemens sitzen. Wahrscheinlich postet er gerade über sein Smartphone, wie gut es sich anfühlt, aus dem lauten, hektischen Hamburg zurück in seine kleine Fachwerkhausstadt zu kommen. Ich drücke meine Stirn an das kalte Zugfenster und verabschiede mich von ihm. Clemens, der gleich nach Hause zu Mila kommen wird. Clemens, der sich an den Tisch setzen wird, an dem gerade eben ich noch saß, und der sich die restlichen Gummibärchen in den Mund schieben wird, bevor er in Richtung Schuppen geht, um sein geliebtes Fahrrad zu reparieren. Clemens, von dem ich nie erfahren werde, ob ich ihm wirklich unwichtig war. Oder so wichtig, dass er noch nicht mal Mila von uns erzählt hat.

6

»The only constant in life is change.«

Ich habe wieder angefangen zu arbeiten. Und als ob das Schicksal geahnt hätte, dass ich gerade keine neuen traurigen Kunden mehr ertragen könnte, die mir schluchzend erzählen, wie viele Stunden ihre tote Tante in die Sammlung ihrer Käthe-Kruse-Puppen gesteckt hat, macht es mir zur Abwechslung meinen Job mal einfach.

Es schickt mir einen kalten, schnöseligen Unternehmensberater Mitte dreißig, der nach New York zieht und keine Zeit und Lust hat, sein Alsterappartement selbst aufzulösen. Das ist eigentlich nur konsequent, schließlich hat er es auch nicht selbst eingerichtet. Irgendein liebloses Inneneinrichtungsbüro hat ihm Küche, Bad, Schlaf- und Wohnzimmer direkt aus dem Katalog in sein Zuhause kopiert. Großflächige, weiß glänzende Möbel auf dunklem Laminat. Teure Designerstühle vorm künstlichen Kamin. In der Küche die obligatorische stahlgebürstete Kücheninsel und ein Kühlschrank mit Antifingerprint-Formel. Es ist unpersönlich, es ist kalt, und es ist ihm egal. Aber für mich ist es eine willkommene Abwechslung. Endlich komme auch ich mal in den Genuss, kaugummikauend und gelangweilt durch die Räume eines Kunden zu schlendern, abschätzig den Kopf zu schütteln und Dinge zu sagen wie: »Hier ist nix mehr zu holen«, »Das alte Ding will doch keiner mehr haben« oder »Da müssen Sie mir aber was draufzahlen, dass ich den Schrott noch hier abhole«.

Der Herr Unternehmensberater läuft mir gelangweilt hinterher und zuckt mit den Achseln. »Machen Sie, was Sie wollen. Meine Firma zahlt. Wichtig ist nur, dass Sie in einer Woche damit fertig sind. Ich muss jetzt los. Ihre Fotos können Sie ja auch alleine machen, oder?«

Als die Tür hinter mir zugegangen ist, setze ich mich erst mal aufs unberührte Ligne-Roset-Sofa und versuche, mich zu akklimatisieren. Dieses perfekte, aber kalte Alsterappartement ist das genaue Gegenteil des kleinen, unfertigen und trotzdem gemütlichen Fachwerkhauses von Mila und Clemens.

Clemens. Der letzte Name auf meiner Liste. Auch hinter ihn kann ich nun einen Haken machen. Mein Projekt ist damit offiziell beendet.

Irgendwie bezeichnend, dass es gerade seine neue Freundin war, die mir am Ende am besten helfen konnte. Dass es Mila war, die mir klargemacht hat, dass zum Leben eben auch Entscheidungen gehören. Dass ich nicht irgendwann all meine Lieben nachholen oder fortsetzen kann: das Leben mit Ilya, die Romanze mit Max, das Happy End mit Jonathan. *This is no video game*. Es gibt keine hundert Ersatzleben mehr, wenn ich dieses hier an die Wand fahre. Oder, wie mein Herz ausdrückte: Es gibt einen Zeitpunkt, zu dem ich Ja zu einem Plan sagen muss. Mila und mein Herz, die beiden waren eh ein gutes Team und irgendwie oft einer Meinung, fällt mir gerade auf. Hat sie nicht tatsächlich auch zu mir gesagt, ich solle auf mein Herz hören?

– *Ja, hat sie. Ich habe es genau gehört.*

– *Wenn die wüsste …*

– *Ich vermute, sie weiß es, Wanda.*

– *Ach. Glaubst du, Mila spricht auch mit ihrem Herzen?*

– *Definitiv. Ich habe ein Auge für so was. Ist aber auch egal. Versuch nicht schon wieder, uns abzulenken.*

– *Wovon?*

– *Davon, dass sie gesagt hat, dass du auf mich hören sollst. Und davon, dass ich dir jetzt sage, dass du Jonathan anrufen sollst.*

– *Sonst noch was? Der ist stinksauer auf mich.*

– *Ja, sonst noch was: Du entschuldigst dich für all die Dinge, die in den letzten Wochen passiert sind. Von mir aus kannste auch sagen, es wäre meine Schuld gewesen.*

– *Tolle Idee. Und dann?*

– *Dann sagst du ihm, dass du dich für ihn entschieden hast. Und zwar mit allem Drum und Dran und Heirat und Kindern und Krankheit und Liebe und Tod und was da sonst noch so alles auf uns wartet.*

Ich stehe vom Sofa auf und fange an, durch die Eiswohnung zu laufen. Brauche ein paar Schrecksekunden, bevor ich meine Worte wiederfinde. Das Herz versucht derweil, den Takt meiner Schritte anzunehmen, kommt aber nicht richtig hinterher.

– *Du tust plötzlich so, als hättest du schon immer gewusst, was richtig ist. Darf ich dich daran erinnern, dass du am Anfang selbst keinen Plan hattest?*

– *So sind wir Herzen. Wir lassen uns schnell hinreißen.*

Wir sind eben eher spontan. Und wir können schlecht planen.
– Das ist eine nette Umschreibung für »extrem sprunghaft«.

Das Herz kichert leise und kitzelt dabei in meiner Brust:
– Ja, wir Herzen können euch Menschen ganz schön in die Scheiße reiten. Aber ohne uns wäre es auch langweilig, glaub mir. Und jetzt weiß ich schließlich, was zu tun ist. Ganz sicher.
– Und das soll ich jetzt glauben?
– Ganz ehrlich, Mädchen: Nicht auf mich zu hören wäre dein Ende. Und jetzt rufst du Jonathan an.

Aber vorher muss ich noch die Möbel meines Schnöselkunden fotografieren. Sie werden sich gut verkaufen, das habe ich auf den ersten Blick gesehen. Wissen lassen werde ich ihn das nicht.

Ich fange im Flur an, fotografiere mich einmal durch die weiße Wohnlandschaft, von einem Hochglanzmöbel zum nächsten, eine einzige kalte, weiße Eislandschaft ist das hier. Und in der Mitte dieser Eislandschaft steht dieser bescheuerte Antifingerprint-Kühlschrank, der nur dann Sinn macht, wenn man eine fünfköpfige Familie ernähren muss, deren zwei- bis sechsjährige Kinder jeden Morgen mit schmierigen Patschehändchen gegen den Kühlschrank trommeln, weil sie Monte zum Frühstück haben wollen. Auch in seiner muschelförmigen Badewanne hätte eine mittelgroße Familie Platz gefunden, allerdings hätte es wohl Probleme gegeben, wenn die Kinder hinterher mit nassen Füßen über den Flur gerannt wären, denn diese Sorte Laminat fängt erfahrungsgemäß sofort an zu quellen, sobald es mit

Wasser in Kontakt kommt. Auf dem Balkon hätten jede Menge Kinder viel Platz zum Toben gefunden, er war komplett leer. Wahrscheinlich hatte das Inneneinrichtungsbüro vergessen, ihn zu planen, oder er war meinem Unternehmensschnösel egal, weil er nie Zeit gehabt hat, sich in die Sonne zu legen. Die schönsten, prachtvollsten Altbauten in Hamburg haben oft die leersten Balkone.

Alles, was über das Funktionale hinausging, wurde hier offensichtlich nicht gebraucht. Ich frage mich, ob er jemals eine Frau mit nach Hause gebracht hat. Wenn, dann stelle ich mir eine kleine, zierliche Unternehmensberatungspraktikantin vor, blutjung und an einem Donnerstagabend die Letzte im Büro, weil sie noch voller Elan und Ehrgeiz bis abends um zehn Kundendaten archiviert, obwohl sie im vierten Semester BWL doch schon viel mehr könnte. Ich stelle mir vor, wie er sie zu sich nach Hause mitnimmt, weil er sie niedlich findet und weiß, dass er ihr imponieren kann mit seiner kalten, durchdesignten Alsterwohnung. Und wie sie mitgeht, weil sie sich geschmeichelt fühlt und gleichzeitig noch so furchtbar schüchtern ist, dass sie zwar mit ihm in die Muschelbadewanne steigt, dabei aber ihre Unterwäsche anlässt und auf ganz viel Schaum besteht.

Am nächsten Morgen läuft sie auf nackten Füßen zu seinem Antifingerprint-Kühlschrank, weil sie hungrig ist, wahrscheinlich gab es am Abend zuvor nichts als Champagner. Sie hat sich sein dezent blau gestreiftes Hemd übergezogen, weil sie das in irgendwelchen amerikanischen Filmen gesehen hat und weil es sich irgendwie erwachsen anfühlt. Und dann steht sie mit kalten Beinen vorm offenen Kühlschrank, in dem sich nicht mehr befindet als noch mehr Champagner und eine Dose Oliven, die eigentlich nicht gekühlt werden müsste.

Wahrscheinlich zuckt sie mit den Schultern und sagt sich, dass sie dann eben schick frühstücken gehen, genug Geld hat er ja offensichtlich. Aber als sie zurück ins hochglanzweiße Schlafzimmer kommt, ist er schon nicht mehr da, er steht unter der Dusche und hat die Badezimmertür abgeschlossen. Auf dem Bett liegt vielleicht ein Zettel, auf dem irgendeine nett gemeinte Unverschämtheit steht.

Sie zieht sich an, nimmt ihre Handtasche, schließt leise die Wohnungstür hinter sich. Und dank der Antifingerprint-Formel hinterlässt die Unternehmensberatungspraktikantin noch nicht mal die winzigste Spur in seiner Wohnung.

Jonathan geht nicht ans Telefon. Ich rufe ihn innerhalb von zwei Tagen fünfmal an, aber er hebt nicht ab. Beim sechsten Mal versuche ich es mit der Mailbox und den Sätzen, die das Herz mir diktiert hatte. Ich verwende genau die Worte, die es mir vorgesprochen hat, und rede von Heirat, Kindern, Liebe, Krankheit und Tod.

Aber es passiert nichts.

Die Woche über lasse ich die Schnöselwohnung leer räumen und verdiene sehr viel Geld mit dem Antifingerprint-Kühlschrank. Mein Chef kommt mit neuen Aufträgen. Draußen vor der Tür geht der Sommer zu Ende. Das Leben läuft weiter oder versucht es zumindest. Auf einmal bin nicht mehr ich diejenige, die die Zeit anhalten will, jetzt ist es Jonathan, wegen dem es nicht weitergeht.

Und plötzlich ist die Angst weg. Die Angst, Entscheidungen zu treffen und Fehler zu machen. Die Angst davor, dass es nur einen Weg gibt, richtig oder falsch, nur eine wirklich gute Möglichkeit, dieses Leben auszufüllen. Nicht Jonathan war es, der falsch war. Es war die Angst.

Ich rufe in Köln an und nehme meinem Vater den Stein vom Herzen, den er seit unserem letzten Telefonat getragen haben muss. Dann fahre ich mit dem Firmentransporter in ein Teppichgeschäft, wo ich wunderbar flauschige, elfenbeinweiße Auslegeware kaufe. Zwanzig Quadratmeter, denke ich, werden fürs Schlafzimmer reichen. Ich werde die Dielen nicht abschleifen. Ich werde aus der Wohung meiner Großeltern keine typisch stylische Hamburger Altbauwohnung machen. Ich werde alles geben, um mein eigenes Ding zu machen. Unser eigenes Ding. Jonathan und ich. In unserer eigenen Wohnung. Mit champagnerfarbigem Teppich im Schlafzimmer.

Ich weiß, dass es riskant ist. Ich weiß, dass ich lange gezögert habe. Vielleicht zu lange. Aber jetzt mache ich etwas. Jetzt hocke ich auf allen vieren im Schlafzimmer und verlege den neuen Teppich. Keuchend und mit Schweiß auf der Stirn. Endlich.

Gestern habe ich die Wände gestrichen. Es fühlt sich gut an, etwas zu tun. Und wenn sich in einer Woche oder einem Monat oder einem Jahr herausstellt, dass es das Falsche war, dann ist das auch okay. Wenigstens war dann überhaupt irgendwas. Denn alles ist besser als Leere und Warten und Angst.

Nachdem die Klebereste vom alten Teppich abgekratzt sind und der neue Teppich grob zugeschnitten ist, öffne ich den Eimer mit dem Klebstoff und verstreiche die weißliche Masse sorgfältig auf den Dielen. In meiner Phantasie sehe ich jede Menge hipper Großstadtmenschen die Hände über dem Kopf zusammenschlagen.

Aber ich mache unbeirrt weiter. Lege den Teppich über den Holzfußboden, schneide die Ecken und Kanten penibel exakt zu und bearbeite ihn zum Abschluss mit der Andruckwalze.

Dann halte ich doch kurz inne, wische den Schweiß von der Stirn und streiche mir fest durch die Haare. Hebe den Teppich an einer Stelle nahe der Tür noch einmal hoch, bevor er in ein paar Minuten fest mit dem Fußboden verklebt sein wird. Auf die dünne, weiße Klebeschicht lasse ich ein langes, einzelnes Haar von mir fallen. Dann drücke ich den Teppich mit beiden Händen fest auf die Dielen.

Bevor ich in meine alte Wohnung gehe, entferne ich noch das Namensschild an der Klingel. Ich erinnere mich daran, dass meine Großmutter an der Art des Klingelns erkennen konnte, welcher ihrer Söhne vor der Tür stand. Und wie es ihm gerade ging. Nicht, weil mein Vater oder sein Bruder Klingelsignale gegeben hätten, wie Jonathan und ich es tun. Für mich hörte sich das Klingeln in der Wohnung meiner Großeltern auch immer gleich an. Ein dumpfes, lang gezogenes Dingdingdong. Aber meine Großmutter, die dreißig Jahre lang und Abertausende Male diesen Ton gehört hatte, sagte: »Ah, das ist dein Vater, er ist schlecht gelaunt« und ging zur Tür, um ihm zu öffnen. Sie muss eine Art akustische Sensorik für diese Klingel entwickelt haben, mit der sie hören konnte, ob ein Kinderfinger eine Millisekunde länger auf dem Kopf verweilte, mehr in der Mitte oder mehr von der Seite drückte oder ein winziges bisschen kräftiger oder schwächer. Ich weiß es nicht. Vielleicht werde ich es wissen, wenn in zehn Jahren meine eigenen Kinder hier klingeln sollten.

Ich habe zu Hause ein neues Schild gemalt, darauf stehen Jonathans und mein Name, ganz nah beieinander. Ich weiß nicht, ob das hilft. Ich weiß nicht, ob ich mich lächerlich mache, ob schon alles zu spät ist. Aber ich mache es einfach.

Ich kann mich nicht daran erinnern, wann ich das letzte Mal an einem Samstagabend in St. Pauli war. Kiez ist Krieg am Wochenende. Und zwar die Art von Krieg, dem man als Überachtundzwanzigjährige liierte Hamburgerin normalerweise aus dem Weg zu gehen versucht.

Aber heute lässt sich der Kiez nicht vermeiden, ich will zu Jonathan, ich will ihm endlich ins Gesicht sagen, dass es nur die Angst war, dass sie jetzt weg ist, dass wir loslegen können. Und dass ich schon losgelegt habe. Deswegen stürze ich mich für ihn in diese samstagabendliche Hölle, in der einem aus allen Ecken die Endzeitstimmung entgegengrölt, -singt und -schreit.

Wenn ich es dann zu seinem Haus geschafft, meine Sätze gesagt und mich entschuldigt habe, können wir von seinem Balkon aus dem verzweifelten Treiben in den Straßen zusehen und uns freuen, dass wir dieses Spiel nicht mehr mitspielen müssen.

– *Nicht wahr, mein Herz?*

– *Ja,* lacht das Herz zurück. *Die Zeiten sind dann zum Glück vorbei.*

Das Herz und ich, wir verstehen uns prima, seit die Angst weg ist.

Ich fahre nicht bis zur S-Bahn-Station Reeperbahn, sondern steige an den Landungsbrücken aus, um am Hafen entlangzulaufen. Hier ist es am späten Abend nicht mehr ganz so voll, das Partyvolk zieht es um diese Zeit schon vom Wasser weg in die Bars.

Als ich gerade am *Goldenen Pudel* die Treppe hochsteigen will, sehe ich auf einer Bierbank vor dem Club einen Freund von Jonathan sitzen. Kein guter Freund, eher ein Partyfreund. Einer, den Jonathan in den letzten Jahren aus den Augen verloren hat, weil er sich immer öfter dafür entschieden hat, das Wochenende mit mir kuschelnd auf der Couch zu verbringen, anstatt mit diesem Freund betrunken durch die Nacht zu stolpern. Einer, über dessen Verlust ich nicht wirklich traurig war. Dessen Namen ich nicht einmal mehr weiß.

Ich will gerade weitergehen, da steht der namenlose Freund auf, und ich sehe, wer neben ihm sitzt. Jonathan. Er schaut kurz in meine Richtung, aber im Halbdunkel der bunten Lichterketten kann ich nicht erkennen, ob er mich gesehen hat. Ich winke und komme näher, aber in dem Moment steht auch Jonathan auf, um seinem Freund in den Club zu folgen. Er hat die Türklinke schon in der Hand.

»Jonathan«, rufe ich, und er dreht sich um und schaut mich an. Sein Gesicht bleibt leer und ausdruckslos. So ausdruckslos, als wäre ich eine Fremde, die ihn gerade nach der Uhrzeit gefragt hat. So ausdruckslos, dass es mir Angst macht. Am liebsten würde ich jetzt rufen: »Jonathan! Ich bin es, Wanda!« Aber das wäre natürlich lächerlich. Und so bleibe ich etwas ratlos auf halber Treppe stehen. Jonathan hält noch immer die Tür auf. Drinnen im Club setzt ein dumpfer Beat ein.

»Ich wollte gerade zu dir«, rufe ich unsicher zu ihm rüber.

»Aha.«

Er sieht blass aus. Obwohl es noch warm ist, trägt er seinen Lieblingsschal. Den schwarzen mit den kleinen Streifen. Den Schal, den ich schon so oft aus Versehen geküsst habe, wenn das mit dem Küssen schnell gehen musste und wenig zielgerichtet war.

»Jonathan. Ich wollte dir was sagen.«

»Hm.« Er schaut auf die Uhr, dann wieder zu mir, jetzt liegt tatsächlich so etwas wie Ungeduld in seinem Blick.

»Aber jetzt bist du ja hier, also …«

Er hätte so viele Möglichkeiten in diesem Moment. Er könnte mich auf einen Wein einladen, sich hier draußen mit mir auf die Bierbänke setzen und anhören, was ich ihm zu sagen habe. Er könnte endlich die blöde Tür loslassen und einfach zu mir kommen und mich in die Arme nehmen. Er könnte seinen Partyfreund im Club sitzen lassen und mich durch diese laute, bunte Nacht zu sich nach Hause bringen.

»Hast du meine Nachricht gehört? Es tut mir leid.«

Jonatahan nickt beiläufig. »War's das?«

»Nein.«

»Was denn noch?«

»Die Wohnung. In Othmarschen. Ich habe angefangen, sie einzurichten. Für uns beide.«

Irgendwas in Jonathans Gesicht verändert sich für ein paar Sekunden, dann hat er sich wieder unter Kontrolle.

»Ach, Wanda«, antwortet er. »Und jetzt ist alles wieder gut, glaubst du?«

»Nein, ich …«

»Du erwartest, dass ich dankbar bin? Dass ich jetzt sofort meine Sachen packe und mit dir zusammenziehe, so als ob nichts gewesen wäre?«

Ich zucke hilflos mit den Schultern. Er zuckt ebenfalls mit den Schultern. Und dann wählt er die einzige Möglichkeit, mit der ich nicht gerechnet hätte: Er dreht sich weg, macht einen Schritt in den Club hinein und lässt die Tür hinter sich zufallen.

Vielleicht ist das Herz schneller als der Verstand. Vielleicht kann ich auch ein paar Sekundenbruchteile schneller fühlen, als ich begreifen kann, ich weiß es nicht genau. Was ich weiß, ist, dass das Herz aussetzt, bevor ich wirklich verstanden habe, was gerade passiert ist. Es verharrt eine kleine Ewigkeit wie gelähmt in meiner Brust, während um mich herum die Welt stehen bleibt. Die Traurigkeit trifft mich heftig und völlig unvorbereitet. Da ist es. Das ganz große Gefühl. Das, auf das ich die ganze Zeit gewartet habe. Das, was bei allen anderen Männern immer nur zu ahnen war. Jetzt ist es da. So fühlt sich das also an.

Neues Partyvolk kommt die Treppe herunter. Jungs mit albernen Brillen und karierten Hemden, Mädchen mit Röhrenjeans und langen, offenen Haaren. Sie schreien und lachen und gehen an mir vorbei zu der Tür, hinter der Jonathan verschwunden ist. Sie sehen mich nicht. Und sie sehen auch nicht mein Herz, das jetzt einen Satz macht, durch sämtliche Organe hinabstürzt und sich dann, völlig geräuschlos, aus meinem Körper fallen lässt.

Ich brauche eine kleine Weile, bis ich meine Augen endlich von der verdammten Tür wenden kann. Dann erst fällt mein Blick auf das Herz, das blutend zwei Treppenstufen unter mir liegt. Ich trete einen Schritt näher und betrachte es mit Unbehagen. Ganz still liegt es da, es weint nicht, es schreit nicht, es macht keinen Laut, und es bewegt sich nicht.

Ich sehe mich um. Noch hat keiner den Unfall bemerkt. Einen kurzen Augenblick spiele ich mit dem Gedanken, mich einfach umzudrehen, davonzugehen und mein Herz mit all seinem Schmerz dort liegen zu lassen. So zu tun, als hätte ich nie den Sound seiner Stimme gehört. So zu tun, als ginge mich das alles nichts an. Ein einsames, verletztes Herz auf einer Hafentreppe, es ist vermutlich noch nicht mal das erste.

Aber dann sehe ich, dass es noch immer ganz leicht pulsiert. Ich setze mich auf die Treppenstufe und strecke meine Finger nach ihm aus. Als ich es vorsichtig aufhebe, liegt es ruhig pochend in meiner Hand. So gut es geht, säubere ich es von Blut und Straßendreck. Ich stehe auf und bahne mir meinen Weg durch die feiernden Menschen, zurück in Richtung Hafen.

– *Komm, mein Herz, wir gehen. Ich pass auf, dass dich keiner schubst.*

Ich höre nicht auf. Ich mache einfach weiter und versuche, möglichst wenig zu denken. Ich habe eine Entscheidung getroffen. Ich will ein eigenes Nest. Und dieses Nest baue ich jetzt. Und ich glaube daran, und ich wünsche ganz fest, dass auch Jonathan daran glaubt.

Nach den letzten Wochen hat er das Recht auf ein wenig Chaos. Und geradezu die Pflicht, ein bisschen beleidigt zu sein. Aber es könnte gut sein, dass er danach zurückkommt. Und deswegen höre ich nicht auf. Deswegen setze ich mein Herz wieder in die Brust und schubse es so lange hin und her, bis es ungefähr dort sitzt, wo so ein Herz üblicherweise hingehört.

Am nächsten Tag baue ich mein Bett auseinander, packe Metallgestell, Lattenrost, Matratze und Bettwäsche in den Transporter und fahre nach Othmarschen. Auf dem Weg hole ich aus dem Baumarkt noch zwei massive Haken.

Die Zimmer der neuen Wohnung sind leer und kalt. Meine Schritte hallen auf den schmutzigen Dielen. Nur das Schlafzimmer liegt in der Wohnung wie eine flauschige, warme Einladung. Mit ein paar Handgriffen baue ich das weiße Bett wieder zusammen, lege Lattenrost und Matratze auf und beziehe Decke und Kissen mit frisch gewaschener weißer Bettwäsche. Fertig. Sahnebergbett auf Champagnerflauschboden.

Dann wird es etwas anstrengender. An der gegenüberliegenden Wand bohre ich insgesamt vier Löcher. Ich stecke die passenden Dübel hinein und schraube die Metallhaken an. Ich bin nicht ganz sicher, ob es passt. Ich konnte schließlich nicht Maß nehmen. Aber ich hoffe, es sind die richtigen Abstände für Jonathans Rennrad.

Ich lege mich aufs Bett und teste die neue Aussicht. Es fühlt sich noch immer richtig an.

– *Finde ich auch.*

– Huch. Du hast aber lange nichts gesagt, mein Herz.
– Richtig. Und wenn alles gut läuft, werde ich dir in Zukunft auch wieder weniger reinquatschen.
– Warum hast du damals eigentlich überhaupt damit angefangen?
– Weil du es verdammt noch mal dringend nötig hattest, Kuckucksmädchen. Das war ja nicht mehr mitanzusehen.
– Und jetzt habe ich es nicht mehr nötig?
– Nein. Jetzt kommt was Neues.
– Schade. Ich werde dich vermissen.
– Musst du nicht. Ich bin ja da.

Es pikst kurz, aber heftig in die Innenseite meines Brustkorbes.

– Na, dann will ich mal hoffen, dass sich nach dir jetzt nicht noch all die anderen Organe zu Wort melden …
– Keine Sorge. Die sind nicht so vorlaut wie ich.
– Dann ist ja gut.
– Ja. Also … wenn du keine Fragen mehr hast …

Ich überlege kurz, habe aber tatsächlich keine Fragen mehr.

Endlich. Keine. Fragen. Mehr. Die letzten Wochen scheinen sich doch irgendwie gelohnt zu haben, auch wenn das Herz und ich dabei kräftig bluten mussten.

Ich denke an die ratlose Leere, die Phillip und Larissa in mir erzeugt haben, während wir in der Küche an einem Holztisch saßen, auf dem ich nie gevögelt wurde. An den Schmerz, den wir gespürt haben, als Max und Anouk mich durch den Bullerbü-Flur ihrer durchgestylten Altbauwohnung geführt haben. An Ilya, den Garten seiner Mutter und an das Gefühl, ein Puzzleteil im falschen Karton zu sein. An Mila und Clemens, die mit ihrer unperfekten Einrichtung und ihrer mutigen Art dem Herzen einen Stoß gegeben haben.

Und dann denke ich an Babuschkas, die aus einer Gummibärchentüte krabbeln, und an Jonathan, der auf das beleidigte Haus einredet, und merke, dass ich langsam wegschlummere, als ich plötzlich ein Geräusch höre.

Ein Geräusch, das einmal quer durch die riesige, kalte Wohnung scheppert, über den leeren Flur wandert, bis hinein in mein Sahnebett dringt und sich dann in meine Ohren legt. Es klingelt.

Einmal.

Zweimal.

Dreimal.

Nachwort

Nur einen Tag, nachdem ich die letzten Seiten von Kuckucksmädchen *geschrieben habe, ging ich abends mit meinem besten Freund im* Gloria *essen. Es sollte ein kurzes Treffen werden, wir waren müde und traurig und hatten somit die besten Voraussetzungen, früh nach Hause zu wollen. Aber vielleicht gerade weil wir so müde und traurig waren, kam alles ganz anders. Wir aßen eine Kleinigkeit, das heißt, ich aß viel und er sehr wenig, wie immer, wenn wir uns treffen.*

Und dann fingen wir an zu trinken, ungeplant und aus heiterem Himmel. Wir wechselten vom Gloria *in die* Amandabar, *wir bestellten noch mehr und wollten noch nicht nach Hause. Ich glaube, wir hatten sogar kurz überlegt, was passieren würde, wenn wir jetzt sofort zum Flughafen führen und in die nächste Maschine nach Australien stiegen. Aber wir wurden uns ziemlich schnell einig, dass wir uns nach spätestens einer Woche auf die Nerven gehen würden. Also beschlossen wir, vorerst in Hamburg zu bleiben und dann aber wenigstens jetzt tanzen zu gehen.*

Wir nahmen uns ein Taxi (!) und fuhren an einem Mittwoch (!) auf den Kiez (!), wo ich, genau wie Wanda in meinem Roman, seit Jahren nicht mehr war. Wir gingen erst in die Hasenschaukel, *doch da saß nur ein trauriges Mädchen mit einer Gitarre, zu deren Musik man beim besten Willen nicht tanzen konnte, und so zogen wir weiter zum* Couchcapitän. *Dort traf ich ein paar alte Bekannte aus meinem vergangenen Leben, worauf dringend angestoßen werden musste. Es war mittlerweile schon nach eins, mein bester Freund verabschiedete sich, in sechs Stunden musste er seine Tochter in die Kita bringen. Ich blieb, denn auf mich warteten weder ein Job noch Kinder, nur ein zu überarbeitendes Manuskript, dem ein bisschen Abstand auch nicht schaden konnte.*

Also machte ich ausnahmsweise mal das, von dem alle Welt glaubt, dass Schriftsteller es tun: Ich trank und ich feierte und ich schlug mir an einem Wochentag die Nacht um die Ohren, was ich sonst niemals tue.

Vom Couchcapitän *zum* Golden Pudel Club *sind es nur wenige Schritte. Wenn dieses Nachwort kein Nachwort wäre, sondern zum Roman gehören würde, hätte ich die Schritte gezählt. Aber so lief ich sie einfach ab, leichtfüßig und alkoholbeseelt, zusammen mit einem Mann, den ich seit Jahren nicht gesehen hatte und der zufällig, wirklich zufällig, Phillip heißt.*

Ich war seit mindestens drei Jahren nicht mehr in diesem Club, ich habe nicht die geringste Ahnung, warum eine Szene meines Romans dort spielt, und erst recht nicht, warum ich ausgerechnet an diesem Abend dort landete. Die Energie folgt der Aufmerksamkeit, habe ich mal gehört, und das ist meine einzige Erklärung.

Wir tranken weiter und tanzten schließlich zwischen

sehr jungen Menschen zu Musik, die ich nicht kannte, was mich normalerweise unglaublich frustrieren würde, was mir aber an diesem Abend ausnahmsweise egal war, denn an diesem Abend hatte ich ausnahmsweise mal keine Angst vorm Morgen.

Es muss ungefähr vier Uhr gewesen sein, als ich aus dem Club stolperte, wankend, müde, nach Rauch stinkend, aber glücklich.

Und in dem Moment habe ich es gesehen. Auf der linken Seite jener Treppe, auf der eine der letzten Szenen meines Romans spielt, glitzerte etwas. Ich ging näher, schaute genauer hin und konnte es nicht fassen: Eingelassen in den Beton der Hafentreppe, glitzerte ein Herz. Ein kleines Herz aus einer Spiegelfläche, mit einem dicken, leicht angeschmutzten goldenen Rahmen und Spuren von irgendwas Rotem, Lippenstift, Edding oder Blut.

Ich stand da, an einem sehr frühen Donnerstagmorgen, abgerockt und durchgeschwitzt, und hatte plötzlich das Gefühl, dass die Geschichte, die ich mir im letzten halben Jahr so sorgfältig ausgedacht hatte, mich gerade eingeholt hatte und der Realität von hinten in den Schwanz biss.

Ich weiß nicht, woher dieses Herz kommt, wer es dort eingelassen hat, welchen Sinn es an diesem Ort macht. Ich weiß nur, dass ich keine achtundvierzig Stunden vorher den Satz »Ein einsames, verletztes Herz auf einer Hafentreppe, es ist vermutlich noch nicht mal das erste« auf eine der letzten Seiten meines Romans geschrieben hatte.

In meinem ersten Buch, Acht Wochen verrückt, *habe ich ziemlich genau beschrieben, was ich erlebt habe, und dabei sehr viel Wahrheit mit ein bisschen Phantasie ange-*

reichert. In meinem zweiten Buch ist es andersherum. In diesem Roman steckt viel Phantasie und nur hier und da eine versprengte Wahrheit.

Seien wir ehrlich: Herzen sprechen normalerweise nicht. Und sie fallen schon gar nicht einfach so aus unseren Körpern heraus, egal, wie groß der Liebeskummer ist. Trotzdem fühlte es sich in den Wochen nach dem Schreiben immer mal wieder so an, als würde das Buch Stück für Stück Realität, – und die Sache mit dem Herz auf der Hafentreppe machte dabei nur den Anfang.

Ich habe das Herz noch in der gleichen Nacht fotografiert. Seitdem trage ich sein Bild in meinem Handy mit mir herum. Wer mir nicht glaubt, kann bei Gelegenheit den Golden Pudel Club *am Hamburger Hafen besuchen, an einem der wackligen Holztische ein Bier bestellen und sich das Herz anschauen, das dort ein Unbekannter in Beton gegossen hat.*